寻找幸福
普罗旺斯的山居岁月
The Pursuit of Happiness: Blessed Days in Provence

肖枞 吴林柯 著　杨和平 摄影

广东省出版集团
广东人民出版社
·广州·

图书在版编目（CIP）数据

寻找幸福：普罗旺斯的山居岁月／肖枞，吴林柯著；杨和平摄影. —广州：
广东人民出版社，2011. 10
ISBN 978-7-218-07238-8

Ⅰ.①寻…　Ⅱ.①肖…　②吴…　③杨…　Ⅲ.①随笔—作品集—中国—当代
Ⅳ.①I267.1

中国版本图书馆CIP数据核字（2011）第145873号

南方电视丛书

XUNZHAO XINGFU: PULUOWANGSI DE SHANJUSUIYUE

寻找幸福：普罗旺斯的山居岁月

肖枞　吴林柯　著　　杨和平　摄影　　　　　　　　　　版权所有　翻印必究

出　版　人：金炳亮

责任编辑：肖风华　张小云
封面设计：区念中
装帧设计：YOUJIAN DESIGN 友间文化 | 苏淑敏　钟永文
责任技编：周　杰

出版发行：广东人民出版社
地　　　址：广州市大沙头四马路10号（邮政编码：510102）
电　　　话：（020）83798714（总编室）
传　　　真：（020）83780199
网　　　址：http://www.gdpph.com
印　　　刷：恒美印务（广州）有限公司
书　　　号：ISBN 978-7-218-07238-8
开　　　本：787毫米×1092毫米　1/16
印　　　张：22
版　　　次：2011年10月第1版　2011年10月第1次印刷
定　　　价：58.00元

皮尔·卡丹先生为本书题图

幸福，像花儿一样盛开

序

Preface

　　普罗旺斯———一个让全世界都魂牵梦萦的地方，一方每逢想起就心花绽放的水土。

　　因了这神奇的吸引力，几个世纪以来，人们对其趋之若鹜。中国南方电视台也看中了它独特的魅力，把它列入了"寻找幸福"文化项目。该项目包括纪录片制作播出、图书出版发行等，收录的地方无一不出类拔萃，有的赢在气候宜人，有的胜在风景瑰丽，有的贵在资源富裕，有的因历史遗迹闻名遐迩，有的则因社会文化声名鹊起，他们的共同点是居民幸福感盎然。

　　本书真实地再现了普罗旺斯的幸福生活，薄义群先生、肖枞女士、杨和平女士和吴林柯先生功不可没。这本书为那些想通过图片、文字了解普罗旺斯的人，做了一个重要的引导。

　　本书所采访的人物多有相似之处，他们都有着强烈的行动欲，追求自我实现，目标明确，但他们追求幸福的途径却不尽相同，有的人认为工作是幸福的源泉，有的人认为永葆激情才能幸福，有的人沉迷于传统活动，而有的人则笃信普罗旺斯这个地方本身就已代表着幸福。这些人的存在，与环境、自然、普罗旺斯，是一种深度的和谐。

　　不过，有一句老话想送给大家：人们往往感受不到自己的幸福，但是却对别人的幸福盯得牢牢的。

　　最后我想说的是，普罗旺斯欢迎您！

伊夫•卢塞-卢瓦尔德

梅纳村村长

前沃克吕兹省议员

Preface

La Provence est certainement une des régions du monde qui fait rêver et son évocation est souvent liée au « bonheur ».

C'est la raison de son attractivité depuis des siècles dans l'imaginaire humain et du choix de Guangdong Southern Television Station (TVS Chine) de l'inclure dans le projet culturel « A la Recherche du Bonheur » Ce projet est double : d'une part un documentaire pour la télévision, d'autre part l'édition de cet ouvrage. Il présente une série de destinations, qui ont des atouts exceptionnels : climat, paysages, ressources, monuments historiques, activités culturelles ou sociales, lieux de vie ou sites de vacances…Le point commun, c'est que les personnes interviewées partagent toutes la même idée du bonheur.

Le mérite des co-auteurs Ms Yang Heping, Mr Bo Yiqun, Ms Xiao Cong et Mr Wu Linke est d'avoir démontré au-delà des images et des témoignages, la réalité vécue au quotidien, par des hommes et des femmes qui ont choisi de vivre en Provence.

Il est amusant de noter que les caractères choisis dans cet ouvrage ont en commun un furieux besoin d'action, de réalisations, d'objectifs, mais leur particularité est de trouver le bonheur dans un métier, une passion, une activité traditionnelle, un lieu. Tous donnent un sens à leur existence en parfaite harmonie avec l'environnement, la nature et la Provence.

Mais comme chacun le sait, « les gens ne connaissent pas leur bonheur, mais celui des autres ne leur échappe jamais ».

Bienvenue en Provence !

Yves ROUSSET-ROUARD
Maire de Ménerbes
Ancien Député de Vaucluse

Smile in Provence !

（注：签名题字大意是"普罗旺斯在笑着"。）

前言
Foreword

幸福的药引

荒芜的峡谷、整齐的田野、原始的山脉，逃过时间变迁的中世纪小村落……

古老小城阿尔勒（Arles），凡·高咖啡馆。几片飘零的黄色落叶，在夜风的广场飞舞；远处几幢古老城堡的尖顶，在夜色里若隐若现……

古城，小镇，乡村，神秘奢华的欧洲中世纪古城堡，几百年前的窄长幽静石板街道，碧草连天鲜花烂漫的田园乡村……

皮尔·卡丹（Pierre Cardin），伊夫（Yves ROUSSET-ROUARD），让·雷波哈（Jean Lhébrard），杰罗姆（Jerome Bourgue），卡萝儿（Carol Drinkwater），司徒骥（Gabriel Sterk），罗伯特（Robert Cohendet），伊迪斯（Edith Mezard），帕斯克（Pascal Vincent）……

岁月流逝，沧桑巨变，几百年沉甸甸的历史文化，仍然在现实生活中跳动延续……辉煌灿烂一如既往。

普罗旺斯，幸福的人，有趣的事，珍贵的际遇，暖暖的感觉……

夜幕下静谧的羊城，秋凉如水。

从普罗旺斯回来，时间已经不算太短，但绝对没有长到淡忘。寻找幸福的旅程告一段落，似乎除了最初的感动和感悟，生活依旧，什么都没改变。但，此刻，关于普罗旺斯，关于寻找幸福，还有生命中的那些微笑，突然不由分说地飘浮在空中，瀑布般滑落，温柔、撒娇得蛮不讲理。莫非是刻意的静谧，和天籁般流淌的抒情乐曲，才能在某个瞬间，通灵着法国南部田园舒适的浪漫？

万里迢迢，飞越重洋，在普罗旺斯，我们找到了幸福的配方了吗？

或许是有的。

　　这里的每一个人，无论穷富美丑，每一个地方，无论城市还是偏僻的乡村，每一个细节和画面，无不体现出普罗旺斯人热爱平凡生活、讲究细节品质、精心打理人生、乐活每一天的生活态度。

　　对历史充满尊重，对文化充满尊重，对他人充满尊重，对生活充满尊重，对自己充满尊重。无论贫穷或者富裕，奢华或者古旧，用心编织，享受当下生活的幸福快乐，让优雅、淡然的格调和品位无处不在。

　　二十多年前，彼得·梅尔（Peter Mayle）的《山居岁月》一书，将南法美轮美奂的风光展示给世人的同时，更深层次的是倡导一种自然健康的生活理念，一种亲近大自然，追求简朴、宁静与人性化的生活方式。

　　据说世界上幸福指数最高的国家是贫困的不丹，宗教的传统在相当的程度上抚慰着那里人们平静的生活，幸福的配方里还得再加上信仰这味药。

　　但，这样就够了吗？

　　这样一个完美的配方，对于大多数人来说已是奢侈品了。厌弃都市，但你没可能避居乡村；安于平淡，这个世界却不平淡；内心淡泊，却要不断地抵抗诱惑——幸福的药引，其实是你自己。

　　在旅途中，微笑是最好的语言，人生旅途里又何尝不是？记住生命中的那些微笑，微笑地面对自己和所有的人，有了这些，幸福还是不幸福，有多重要呢？

　　我们还会去普罗旺斯的，但不是去寻找幸福，而是去享—受—幸—福。

Contents 目 录

普罗旺斯的天，是明朗的天。（摄于莓纳村）

卷一　久久艳阳天

The Dazzling Sun Never Sets

古朴巷道，散淡村民，别致招牌，惊艳依然。（摄于圣保罗村）

一年三百天丽日当空，一天阳光普照十余小时，普罗旺斯三季如夏，光加热等于火，足以融化心头积雪。

从巴黎飞入尼斯（Nice），从炭笔画飞入油画，从慢四旋入恰恰，从阴雨天飞入艳阳天。

普罗旺斯（Provence），得天独厚。

一年三百天丽日当空，一天阳光普照十余小时，普罗旺斯三季如夏，光加热等于火，足以融化心头积雪。

如果普罗旺斯大预言家诺查丹玛斯（Nostradamus）的预言属实，要到"7000年"后，"疲倦的太阳，才停止天天运转"。

只有在这里，日晷才富有意义，这种太阳表指示时间，更迭着白昼的光和影。有个重要的朋友，让我捎回一件海枯石烂、永不磨损的礼物，这个古老的哲学难题，在红土城一家日晷小铺霍然而解。

薰衣草海洋独独汹涌在普罗旺斯，自是得益于灼灼光照，不过普罗旺斯的热，并不是那种令人抓狂的热，即使是在紫倾众生的7月、地球村麻辣烫的7月，尼斯，也不过是24℃。

莫非是后羿在此弯弓，射偏了第十箭，把太阳射缺了一个角，让它的温度刚刚好？

日，并不是最热烈的日；天，也不是最蔚蓝的天。

普罗旺斯的天，仿佛经过水洗似的，是一种素净的蓝，一种淡泊的蓝，一种均衡的蓝。在空气像冰镇柠檬水一样清新的尼斯，我们看海，看天，看不到期诗中的海天一色，只见海酽蓝，天却已被海水稀释，这一浓一淡，平仄出了醉人的韵。

煦日长悬，直至晚九点后，月亮才姗姗上岗。

夜是昼的底片，之前在凡·高笔下，我们仰望到了世界上最蓝的夜空，我们惊喜地验证，普罗旺斯的夜，果然是沉淀的宝石蓝，远比白昼澄澈的深蓝——天是碧玉海，月是水晶船。

捱着粉红酒，恍兮惚兮间，日、月就像马戏团的抛球那样轮换不息；天上那一轮圆，昼金，夜银，颜色变了，温度变了，而大小始终如一。

普罗旺斯很矮，这里的房子不摩天，多是不与大自然争宠的石头房，素朴的石房，多见艳蓝的窗口。蓝窗推开，仰可眺蓝天，遥可望蓝海，闲目可做蓝蓝的梦。

爱尔兰来的女作家卡萝儿（Carol Drinkwater）梦寐以求一栋面朝大海的大房子，太贵，遂内退到夏纳（Cannes）郊区半山的橄榄庄园。她的先生，那个巴黎制片人、生活哲学家，站在脚架上，把窗漆成让人浮想起海和天的蓝。

"愿天欢喜，愿地快乐。愿海和其中所充满的澎湃。"

普罗旺斯的天，是明朗的天。

"普"天之下暖洋洋。

万物萌动，阳光的气息从各个角落溢出来。

这里的花草，姹紫嫣红，芬芳摇曳，让普罗旺斯成为法兰西的后花园；

这里是全欧洲的大果园，果蔬汲取充沛的日之菁华，修炼成甜甜的蜜；

这里的葡萄，酿出的酒要比北方的高上两度；

这里的橄榄树，翠到滴油，滴到三毛梦里，从此她给人生押上了吉卜赛的韵脚；

这里的红土地，红得沸腾，红得吐焰，衬得天空更悠更蓝；

这里的城堡，不知道何年从地底下生出来，抖不落岁月的风尘，黯淡的城墙额上，含笑的花儿点缀其间，活似红衣少女挽着皓首老者在合影。

皮尔·卡丹（Pierre Cardin）为什么定居拉科斯特村？他的一句话泄了密："我创作时，最注重色彩，因为色彩老远就可以看到。"

普罗旺斯，大地的粉妆盒；

普罗旺斯，艳得快燃烧起来！

La Provence

Pays du bonheur

de Vivre

Pierre Cardin

　　普罗旺斯，一个让人生活幸福的地方。——皮尔·卡丹

天是碧玉海，月是水晶船。曲径通幽处，狗吠深巷中。
（摄于穆斯提耶-圣玛希 Moustiers-Ste-Marie）

看塞尚（Paul Cézanne）的风景画时，请尽兴赞叹画中惊人的艳丽！为什么说他们是（后）"印象派"画家呢？明摆着就是写实派摄影家嘛！

在普罗旺斯兜风，车在画中游，实在畅快！

山居无岁月。

普罗旺斯人塞尚如是说：太阳已经温暖着大地，然而空气仍然保持清爽、干燥，甚至是甘醇可口的，就像酒一样，这里的空气甜美馥郁，似乎含有蜂蜜、百里香、薰衣草及附近山坡一切草木的芬芳。

据说天热的地方人比较慵懒，起码普罗大众是这样的，暖风熏得人人醉，这里的生活慢吞吞的，这里的人们懒洋洋的，林静蝉愈躁，以蝉为吉祥物乃至图腾的人群，怎么会去玩命讨生活呢？

春困、秋乏、夏打盹儿、睡不醒的冬三月，这里的时间表情极从容，这里的生活节奏慢三拍，这里的商铺，多是酣眠到下午三点后才开门。

巴黎来的品酒师帕斯克（Pascal Vincent）说，这里的居民都像游客，他们过日子就像在度假。

作家李燕玲说，普罗旺斯——世界上唯一不用做任何事情，就可以玩得非常开心，它的风景与生活完美地融合在一起，游历就是生活，生活就是游历。

一片明朗的天地，一种自在的心境。

北方人来了，循着指"南"针的导向来了，冬来避寒，夏来避暑，让阳光的瀑布，洗黑皮肤。

外国客来了，谛听山居岁月的寂静，驻足谛听失传已久的"鸡鸣桑树颠"的上古之音。

摄影家来了，普罗旺斯的任一隅任一景，只要闯进镜框，就会"琥珀"成传世名画。

孤独的画家来了，这一两百年来的油画流派，越来越仰仗光和影来加深"印象"。普罗旺斯，万民来朝的太阳帝国，光的天堂，影的圣地，这里光和影有着和谐的旋律，仿佛金小号里奏着的名曲。他们于此追光逐影，进行太阳下的创新，爆破了惊艳天下的颜色革命。

这当中，塞尚是回家寻根来。开门见山，山气日夕佳，他的眼睛聚焦成镜头，连拍着圣维克图瓦山（La Montagne Sainte-Victoire）那极微极妙的变与幻。

这当中，红头发的荷兰人凡·高是早春进入阿尔勒城（Arles）的。阿城的太阳火，点燃了这个"普漂"的心头火，他的画作骤然提高了温度和宽度。

雕塑家也来了。娶了华裔女子的凡·高的同胞司徒骥（Gabriel Sterk）欣喜地发现，这里的阳光、色彩简直有两倍的强度！他热情洋溢地投入了户外作业。而在巴黎，要想在雨季漫长到让心情爬满青苔的巴黎露天雕塑，除非搭一个安徒生式的玻璃房。

斑驳水龙头，坚韧流淌，诉说这里的千年历史。（摄于圣保罗村）

——幸福是什么温度？

——普罗旺斯的温度。

——幸福是什么颜色？

——普罗旺斯的颜色。

普罗旺斯，距梦想最近的天堂口！

这样的天，这样的地，这样的海，这样的风物，我们行

走其间寻找幸福，寻找幸福的人，寻找幸福的真理，我们倍

感幸福。

时光的呈现，与现世的活力和谐共处。
（摄于圣保罗村）

沉沙岁月

Settled Down In Time

唯有普罗旺斯，才得以毫不矫揉造作地将古今风尚融为一体，让"这里的每一日都呈现出与众不同的美"；

唯有普罗旺斯，才"是一个磁场，一极古代，一极现在，心的罗盘在这里感应强烈"；

唯有普罗旺斯，才能让远道赶来的亚非欧游客，有那神悦若隔世、"在哪里见过你？你的笑容这样熟悉"的穿越触动。

沉沙岁月
Settled Down In Time

大地理

普罗旺斯 – 阿尔卑斯 – 蓝色海岸大区（Provence–Alpes–Cote d'Azur），包括五个省，其中跟我们此行最相关的是沃克吕兹省（Vaucluse）。

比大上海大一点点，地不广，人很稀，20 人/平方公里。

位于法国东南部，背靠阿尔卑斯山，面朝地中海，罗讷河（Rhone）将其切为两大块；她右接意大利，堪称欧陆的南大门。——这注定了她"追求者"彼伏此起的动荡宿命。

普罗旺斯，悠悠自转的四面体：

——A面：薰衣草田，唯美主义者的梦境
紫田千百弦，弦弦思华年。

芳香洋溢溢七里之外、有着独一无二紫色容颜的薰衣草的故乡。

还有那同样一望无际的橙黄的向日葵田，红似火的鲁西永镇（Roussillon），绿如蓝的枫丹村涌泉（Fontaine de Vaucluse），汉白玉似的戈尔德镇（Gordes）……

普罗旺斯，世界版图上最艳的一块，天底下最鲜亮的地方。

"葡叶"红于二月花,
最艳不过普罗旺斯!

——B面：人文陈迹，怀古主义者的彼岸

法国是一个活在过去的国度（汽车和时装例外），普罗旺斯尤甚。

这里本是罗马帝国的异地行省。气吞万里如虎的恺撒大帝发誓，要在铁蹄所踏之处，复制一个罗马，因而，此地至今犹处处可见证古罗马的荣光。

这里诞生了、旅居着大批名流：土著有诺查丹玛斯、塞尚、保罗·莫里哀……"普漂"有彼特拉克、凡·高、毕加索……

我们可以走他们走过的石板路，可以看他们看过的好风景，可以坐他们坐过的铁艺椅子，甚至有望一睹他们的传奇容颜。

门前旧行迹，一一生绿苔。

沉下心来，摩挲岁月的娴静书签，发思古之幽情，微距离接触艺术。

水彩画韵味的古村老镇，生活主义者的归宿。
山居岁月的故事，基本上发生在这里。

——C面：古村老镇，生活主义者的归宿

来这里，不图看风景，是来看生活，一种慢生活。

村貌老气横秋，居民闲闲散散，鸡鸣桑树颠，狗吠深巷中，春来南国花如绣，浓得化不开的田园情韵。

都市倦客从此皈依了普罗旺斯，皈依了"欧洲的香格里拉"。

彼得·梅尔（Peter Mayle）笔下的山居岁月，当然是素面朝天、艺术生活化、生活艺术化的C面，它代表着乡村美的极致。这一面，主要在沃克吕兹省，特别是吕贝龙（Luberon）山区。

普罗旺斯是法国最好的地方，特别是吕贝龙山区——这是皮尔·卡丹（Pierre Cardin）亲口告诉我们的。

——D面：蔚蓝海岸，享乐主义者的天堂

蔚蓝海岸，19世纪诗人浪漫的命名。

冬可避寒，夏可避暑，窈窕的海岸线上，嵌着三颗明珠：

北端，超级小国摩纳哥（Monaco）。方圆不足两公里，筑于巨石之上、峭壁之侧，濒临碧海，鲜花簇成国境线，有散尽千金的顶级赌场，好莱坞来的蝴蝶王妃，天下最英俊的钻石王子，如云的海上豪华游艇，二十年后将建成海底城。

中间，影城戛纳。全球明星的最爱，人世间最大的名利场，只盛开在仲夏5月，盛开在一年一度的电影节——这是一个"3S"电影节：大海（Sea）、美女（Sex）、阳光（Sun）。

南岸，"地中海之珠"尼斯。尼斯，Nice，就是"好"，这确实是个好地方，没有寒冬的天空，四时有不谢之花，棕榈夹道欢迎，欧洲贵族首选的度假胜地，每年2月的尼斯嘉年华，乃全球最狂欢的节日。

清晨，海潮咆哮着扑向沙滩，随即沉默后退；

黄昏，海汐汹涌着强拍沙滩，渐次弱拍退汐。

日复一日，潮来潮往，地中海亘古不变敲打着幸福的节拍。

蔚蓝海岸，享乐主义者的天堂（摄于尼斯）

大历史

普罗旺斯很老了。

腓尼基人、利古里亚人、凯尔特人、希腊人、条顿人、辛布里人、罗马人、西哥特人、法兰克人、撒克逊人及罗马教皇国等等先后逐鹿于此。

值得拎出来说的，有四点：

之一，普罗旺斯是一个独立过600年的王国（大概是在晚唐至明初时期）。之前、之后都是他国领土的一部分。

之二，罗马人殖民此地长达700年，是为普罗旺斯黄金时代，至今仍处处可觅罗马雄风。

之三，她并入法国版图的历史，只不过刚满500年。

之四，沃克吕兹省属于法国，甚至只有200年。所以，我们即将拜访的阿维尼翁城（Avignon）、梅纳村（Ménerbes）、拉科斯特村（Lacoste）、枫丹村（Fontaine-de-Vaucluse）、戈尔德镇及鲁西永镇，非常普罗旺斯，却不怎么法兰西。

战火不熄的普罗大地，成了劲刮个人英雄主义风的欧洲"骑士之城"，这股风吹开了扎根历史缝隙的一朵战地黄花——骑士抒情诗。

扛得住天灾，扛得住人祸，扛得住岁月侵蚀，石屋们以最坚固的姿态，见证着家的稳定。

斑驳的老屋旧墙，绿树掩映；
古老的历史，如睛空般鲜活灿烂。

　　这种由诗人用普罗旺斯语边游边吟的中世纪诗歌，酷爱抒发的是破晓时分，骑士与娇艳女领主一夜情后还不舍得分开的浓情蜜意。

　　这种勾兑了潦倒诗人无边想象力的曼声吟诵，一下子飙高了普罗旺斯的情欲度数，让这片花草茂盛的土地益发醇醉。

此时，此地

　　千年一觉刀兵梦，梦醒壶中日月长。

　　今日的普罗大众，好吃，懒做，享受慢生活，是不是因为他们更珍惜来之不易的和平？

　　日月轮回，烟熏岁月，并没有把普罗旺斯变得昏黄。天地为炉，时光为炭，融化了仇恨，把她冶炼成一块似清澈又似浑厚的世间琉璃。

　　这是一片大混血之地，人种混，文化混，信仰混，语言混，心态混——混成了很不法兰西，甚至很不欧罗巴的普罗旺斯。

　　阳光像花儿一样绽放。

　　唯有普罗旺斯，才得以毫不矫揉造作地将古今风尚融为一体，让"这里的每一日都呈现出与众不同的美"。

　　唯有普罗旺斯，才"是一个磁场，一极古代，一极现在，心的罗盘在这里感应强烈"。

　　唯有普罗旺斯，才能让远道赶来的亚非欧游客，有那种恍若隔世、"在哪里见过你？你的笑容这样熟悉"的穿越触动。

　　——游目骋怀，普–罗–旺–斯，教我如何不想你？

断桥，罗讷河上的半道彩虹。（摄于阿维尼翁）

PROVENCE

阿维尼翁，普罗旺斯之门

Avignon: The Gate Of Provence

阿维尼翁 *Avignon*

普罗旺斯沃克吕兹省首府，曾是天主教教都。

为了逃避动乱，天主教廷从罗马迁都阿维尼翁，1309—1377年，一共产生了七位法国籍教皇，他们受到法国国王的控制，被称为"阿维尼翁之囚"。

该省一直属于教皇国领地，直到1791年才成为法国附属地。

教皇宫乃世界上最大的哥特式宫殿。

创办于1947年的戏剧节名满天下。

900米长的阿维尼翁断桥像半道彩虹，横跨罗纳河上。

人口8.9万。1995年，阿维尼翁历史城区被列入世界文化遗产名录。

穿越巴黎般的中央高原，穿越清冷的林海雪原，我们前往普罗旺斯

戏剧节还未到来，但人们大约可以想象剧院上演大剧，街头巷尾到处是即兴表演，艺术家和评论家在咖啡馆里高谈阔论的大众狂欢的那一刻。

而路灯下的小巷子，安静而幽深。好像一个你永远也猜不透，等待你去开解的谜。

阿维尼翁，普罗旺斯之门
Avignon: The Gate Of Provence

进入卢瓦尔（Loire）河谷。此地曾经是法国皇宫所在地。阴谋与权势，艺术与奢华之地。

卢瓦尔河在缓缓流动，河水有点泛黄。太多的雨水，让河水水位升高。

沿河两岸，扑面而来的是大大小小的古堡。法国人从意大利人那里学会一种生活的哲学，城堡不是用来打仗，而是用来享受的。达·芬奇最后的艺术生活就在这里度过。

我们在女主人Veronique的家过了一夜，那是卢瓦河边上一个叫Nazelles的文艺复兴风格的小城堡。踏着台阶上一片片窄窄落叶进入城堡。窗外可见暮色中的河谷、树林和花园，以及后山的葡萄园。1900年，著名的法国学院派画家Debat-Ponsan曾以这个古堡为家。

穿越中央高原。

昨夜下了雪，高原上冰雪覆盖。公路旁边，雪雾笼罩的小山村，一律的黑白两色，白的是房顶，黑的是墙壁和高高矗立的教堂的尖顶。只有雪地上一辆红色的小车，特别夺目。

铲雪车在公路上把雪推到一旁，好让汽车通过。

Mont Dore，雪原上的小镇。到高原上滑雪，或者打算攀登海拔1885米的Puy de Sancy山峰，穿着色彩鲜艳的羽绒服的人们，扛着滑雪板在街上走动，在旅馆前活动自己的手脚。

往东，跨过罗讷河（Rhone）河谷，沿阿尔卑斯山西麓，A7公路南下。

普罗旺斯的门户，历史名城阿维尼翁（Avignon）到了。

教皇宫。正午的阳光打在高高的塔楼尖顶上镀金的圣母像，熠熠生辉，在蓝天下显得格外夺目。（摄于阿维尼翁）

14世纪的新城

夜色中的阿维尼翁新城（Villeneuve–lez–Avignon），看不到它的全貌。

从A7公路下来，沿着罗讷河（Rhone）走，经过灯光照射的阿维尼翁老城城墙，再从Edouard Daladier桥过河，就进入新城了。

说是"新城"，其实也有几百年的历史了。在普罗旺斯，上几个世纪的东西，算是"新"的。因为此地的历史，可以上溯到两千年前的高卢罗马时期。

从新城向东回望，可以看到河对岸的老城城墙和城墙后面气度不凡的教皇宫。

每年7月，全世界最有名的阿维尼翁戏剧节（Festival d'Avignon）开锣，全世界的戏剧迷蜂拥而至，阿维尼翁人满为患，新城的这些酒店就是游客最好的选择。

我们住的de l'atelier旅馆，是17世纪的老房子。最近由设计师Dominique Baroush重新装修。

推开窗户，是旅馆的后院，石砌的围墙。白色的桌椅已经叠放起来，静静地等待夏天的到来。

教皇宫的七个教皇

只知道，梵蒂冈因教廷和教皇而荣耀。

还有那个由米开朗基罗套上一个大圆顶的圣彼得大教堂。

却不知道阿维尼翁也曾经是不可一世的。14世纪，从1309年开始，罗马教廷从罗马搬到阿维尼翁，并且在这里一待就是68个年头，前后一共有七个教皇。迁往此地的第一个教皇是克雷芒五世，此后的教皇也都是法国籍的。

特别是那座曾经显赫一时的教皇宫，Le Palais des Papes。正午的阳光打在高高的塔楼尖顶上镀金的圣母像，至今仍熠熠生辉，在蓝天下显得格外夺目，远远就可以看到。

阿维尼翁也就成了圣地，除了不断修建修道院、教堂、礼拜堂外，还建剧院和大学，成了欧洲宗教、艺术和学术的重镇。

如今，阿维尼翁老城由4.5公里的城墙环绕，有39个塔楼和7个城门。

我们在城墙外的"断桥"，又叫圣贝内泽桥（Pont St-Benezet）一头的小广场内停车。然后穿过城门，沿着那些弯弯曲曲的小巷子，寻找教皇宫。

阿维尼翁之夜，展示戏剧般多姿多彩的人生百态。

教皇宫。14世纪古代建筑的典范。建筑虽然分为旧宫和新宫，前后花了30多年的时间才完成，但看上去浑然一体。细看就会发现，罗马风格的旧宫朴实无华，而哥特式风格的新宫则富丽堂皇。

由壁画大师Matteo Giovanetti等一群意大利设计师和艺术家进行内部装潢。14世纪的法国作家Jean Froissart称赞，这是世界上最美丽、最坚固的房子。

不过，教廷迁回罗马之后，教皇宫开始衰败，16世纪时进行过大重修。

毁灭性的打击，是法国大革命时期，内部家具和艺术品几乎被抢掠一空，墙上的壁画也被人揭下来出卖，"皇宫"一度甚至成为军营和监狱。

所以，和梵蒂冈今天的圣彼得大教堂比，现在的教皇宫尽管气势仍在，但已经显得历尽沧桑，一片颓败。

不过，近70个年头，足够教皇们在这个大舞台上唱出一出又一出大戏了。英国作家彼得·梅尔说，教皇在阿维尼翁专权，宗教的狂热、艺术的痴迷和权力上的倾轧，在此上演了一幕幕人间的悲喜剧。

城墙外，罗讷河边的圣贝内泽断桥，也是阿维尼翁标志性的景物。

法国民谣《阿维尼翁大桥》，唱的就是这座断桥。本来，大桥连接罗讷河两岸的新城和旧城，但17世纪一次洪水冲断大桥，就成为今天的断桥。

我们沿着断桥一端的城墙，走到山顶上的Rocher de Doms公园，远望罗讷河和断桥的风光，河对岸的阿维尼翁新城，以及城墙内红色屋顶的民居。

我们特别喜欢在旧城区内那些弯弯曲曲的小巷里散步，感受小巷子里浓浓的怀旧气氛。罗马风格的老房子，雅致的画廊，颇有品位的咖啡馆随处可见，那些出售薰衣草纪念品的小店，标着"PROVENCE"的字样，告诉你，你现在呼吸的，已经是普罗旺斯的空气了。

老城的夜晚，一个猜不透的谜

再次来到阿维尼翁的时候，是戏剧节的前夕。

黄昏时光的罗讷河还是那样静静地流淌，河面上反射出满天的晚霞。一对恋人安静地坐在河边，看着河水如斯逝去。他们的狗则在河边欢快地戏水。

城内却是另一番热闹。

钟楼广场上流动着节日前的快乐。泛光灯打在市政厅哥特式的立面和那面法兰西三色旗上，典雅而辉煌。

宗教的狂热、艺术的痴迷和权力上的倾轧，在此上演了一幕幕人间的悲喜剧。教皇宫内景。

　　歌剧院（Opera d'Avignon）正是中场休息，看过上半场圣彼得堡芭蕾剧团的艺术家们精彩表演的人们从剧院里涌出，在巨大的希腊罗马风格的柱廊和莫里哀雕像前散步、聊天。阿维尼翁的夜空交织着迷人的旋律和朦胧的诗意。

　　城墙根下和音乐学院老墙边的咖啡馆，广场上的露天咖啡座和酒吧，自然是人们谈论戏剧和文学的好地方。

　　广场上，有乐队在埋头演奏。

　　戏剧节还未到来，但人们大约可以想象剧院上演大剧，街头巷尾到处是即兴表演，艺术家和评论家在咖啡馆里高谈阔论的大众狂欢的那一刻。

　　路灯下的小巷子，安静而幽深。好像一个你永远也猜不透，等待你去开解的谜。

　　阿维尼翁老城的这个夜晚，欣赏戏剧、品尝美食、来一杯"教皇新堡"葡萄酒，在城中那些小街里漫步……

　　不过，如果不是戏剧迷，要体会法国南部普罗旺斯特有的休闲、恬静的气息，还是不要在7月戏剧节期间去的好。

　　阿维尼翁东面，吕贝隆山地上那些静静的原野和小村庄，正等待着我们。

（本篇由区念中撰写）

Nice，好地方！（摄于尼斯海湾大道）

坠入凡间的天堂

Nice: Heaven On Earth

尼斯 *Nice*

位于蔚蓝海岸地区，毗邻地中海边，地处法国马赛和意大利热那亚之间。普罗旺斯滨海阿尔卑斯省首府，法国地中海岸最大的城市，仅次于巴黎的法国第二大旅游胜地。

40万年前，尼斯就有土著居住，在漫长岁月里，先后被并入古希腊和古罗马的版图。1706年，第一次成为法国的领土；1713年，被割让给西西里王国；1860年，重回法国的怀抱。

尼斯城分为三个部分：老城（Vieux Nice）和港口，这是传统尼斯城的中心；19世纪建造的城中区，汇集几乎所有19—20世纪"美丽时代"最美的建筑；希米耶区（Cimiez），保留大量前基督时代的遗迹。

是上帝的一不小心，还是刻意的安排？尘世的忙碌喧闹，桃源的平淡悠然，如两条奔流的生活长河，融会穿行在蔚蓝海边，不经意间，徐徐展开深刻真实的人生画卷。

坠入凡间的天堂
Nice: Heaven On Earth

很幸运，这次普罗旺斯寻找幸福之旅，我们待得最久的地方是尼斯——一个不小心坠入尘世的天堂。

美好的地方总是伴随动人的故事，尼斯的传说，由一对温情脉脉的父女来书写。

很多年前，一名英国绅士漂亮的宝贝女儿，患了一种严重的疾病，需要静心疗养。他带女儿乘船四处寻觅，希望能够找到一片阳光温暖气候宜人的幽静天地。

颠簸万里，在法国南部的地中海边，一处蓝天白云青山环绕、花团锦簇暖风袭人的迷人港湾，赫然出现在眼前。灿烂的阳光、绵长的海滩、绚烂的鲜花和无数的蔬果，立刻吸引了寻觅万里的疲惫父女，在此定居养病。

冬暖夏凉的舒适气候，犹如灵丹妙药，哺育滋润着少女病弱的身体，她迅速恢复了健康。美丽的尼斯也因此声名远扬，后人就把这片世外桃源叫做Nice（美好的地方）。

上帝对尼斯的偏爱显而易见。

澄澈的阳光、迷人的港湾、优美的原野，一片洋溢着花香、阳光、美食的富饶大地，以及无数古罗马时期的遗迹。其中让世人着迷的，是它灿烂的阳光。这里天气晴朗，一年里有三百天艳阳高悬。从清晨四五点钟，蓝色海岸沉浸在睡梦中，第一缕阳光便从银光闪闪的海平面升起，直至晚九点，才姗姗落下，洋洋洒洒十余小时，饱尝日月精华，自然成为世人梦寐以求的宝地，更不用说嗜爱阳光的法国人了。

到达尼斯，盛夏正午，阳光耀眼，天空湛蓝。

蜚声寰宇的海滨大道，尼斯的名片

徜徉在尼斯铺满普罗旺斯气息的大街小巷，各式美丽的鲜花装饰街头巷尾和阳台，漫步其中恍若于花团锦簇的童话世界；站在罗马废墟的山顶上，眺望远处的尼斯城，背靠雄伟的阿尔卑斯群山，广阔蔚蓝的大海，绵长蜿蜒的海岸线，海边无数白墙红顶的房屋，层层叠叠，掩映在葱茏茂密的绿树间，其间点缀着高大的棕榈尖顶植物。青山、蓝水、阳光、海滩、鲜花、美食……

大部分商店都没有开门，酒店周边的街道也非常安静，行人寥落，车流稀少。导游苏珊告诉我们，欧洲相对人口较少，现在是尼斯的旅游旺季，相比较还是热闹的季节，如果是淡季，就要清冷许多。

宁静的尼斯，阳光是惊心动魄地热闹，真让人惊叹蔚蓝海岸的阳光如此奢侈。灿烂的阳光从古老建筑和树木中跳跃下来，遍地金黄，沿着街道漫卷而去。

我们下榻酒店所在的区域不是商业和消费旺区，所以相对安静，中心商业大街上还算人多的，但是都比不上国内的繁华熙攘。"再说，"苏珊笑着说，"这个时间来尼斯的游人大多是家庭度假，老少姑娘爷们现在都还一窝蜂在海边晒太阳呢。"

盎格鲁大街区域（Promenade des Anglais），则是另一片天地。

滨海的英国人大道，右侧乃日光浴者的欢场。（霍晓党摄于尼斯海滨）

　　盎格鲁街绵延在尼斯城里最主要的一段海岸线上。这条长达5000米的海滨大道，是尼斯最繁华的一条主道。宽阔的人行道，镶嵌在蓝天碧海之间，沿着落满鹅卵石的海岸蜿蜒前行，一路通往天使湾（Baic des Anges），成为尼斯蜚声寰宇的名片。

　　盎格鲁街不仅容貌绝色，而且历史悠久。据说，从18世纪开始，一批英国人在尼斯建起了避寒别墅。到19世纪，英国人出资把当地的一条风光旖旎的临海小路改建成了著名的林荫道，也就是今天的盎格鲁街。因此，盎格鲁街也俗称英国人大道。

　　如今，盎格鲁街两边汇集了众多的艺术画廊、商店和豪华酒店。特别诱人的是这些酒店都有各自的购物中心和海滩区，中间有公用海滩区，人们可以自由出入。街道的南尽头是尼斯的另一个标志性建筑——尼古拉萨科酒店（Negresco Hotel）。该酒店于1912年建成，大多接待皇室贵族及上层名流，一直在海内外享有盛誉。

　　这里的海滩，是日光浴者的欢场。过了复活节，当人们刚刚感受到初夏阳光时，便有众多喜好日光浴的俊男美女们来这里，一展美妙的身姿。这里也是尼斯人的乐园。闲暇时，男女老少在此遛狗、钓鱼、跑步或游泳，各适其适，各有欢愉，更多的是闲坐，惬意地享受阳光。

　　我们踏上这条慕名已久的海滨大道，已是黄昏时分，沸腾的海滨浴场正是最热闹的时刻。

　　海滨大道临海而建，有50多米宽，大道左边是盎格鲁街的车道，右边是空旷无边的地中海。一边是豪华酒店、公寓和酒吧等鳞次栉比的，另一边是椰林浓郁的海滨大道，大道高出海平面不到3米，下面是由无数细小的白色鹅卵石铺就的海滩，依偎着宽阔的海面：光怪陆离的霓虹灯、川流不息的车流，伴着娴静的大道、宁静的海湾，形成鲜明的对比。

放眼望去，大道绵延数里，直接天边；靠近栏杆的一边，每隔百米左右，有规律地放置着一些白色长椅，供来往的游人歇脚、晒太阳。晚霞中，面朝大海，迎着徐徐扑面的润泽海风，无边无际的湛蓝海水，在红彤彤的霞光照耀下，变幻出无穷色彩，钻蓝、群青、湖蓝，还有蓝绿相间的颜色，五光十色，波光粼粼，好一个妖媚绚烂黄昏海滨，令人心旷神怡。

穿越海滨大道始终的棕榈树，洋溢浓郁的热带风情，是海滨的迷人亮点之一。这里气候温暖，阳光灿烂，棕榈树出落得高大挺拔，整齐排列在路的一边，望不到尽头，如轩昂帅气的法国兵哥团，守卫着此间的悠闲和幸福！

最诱人莫过于海滨大道下面，那一片片连绵的、宽大柔软的白色沙滩上，铺满肤色各异的胴体。各色比基尼争奇斗艳，天人合一，悠然自得！

这是多么可爱的奇异景象：

海滨大道上面，是喧嚣忙碌、紧张浮躁的现代尘世——旷阔的大马路，名车川流不断，霓虹灯跳跃闪烁，繁华嘈杂喧闹；

紧邻的人行大道，西装革履的来往路人、跑步锻炼的美女、穿梭漂移的轮滑少年，慢慢踱步偎依着的情侣，嬉闹奔跑的小狗小猫，追逐嬉闹的孩子；

海滨大道下面，则是平淡悠然、疏懒愉悦的世外桃源——沙滩上，横陈竖躺的比基尼、小泳裤们，手捧啤酒或饮料，闭目养神，晒太阳，吹海风，惬意悠闲。高处嘈杂喧闹，远处海潮翻滚，似乎和他们没有任何关系。

是上帝的一不小心，还是刻意的安排？尘世的忙碌喧闹，桃源的平淡悠然，如两条奔流的生活长河，融会穿行在蔚蓝海边，不经意间，徐徐展开深刻真实的人生画卷。

夕阳醉了

怦然动心的，还有此间的夕阳。

盛夏的尼斯，日照时间长，月亮要到晚上9点才会和太阳换班。傍晚的地中海上空，一望无际的白色海滩上，几朵金黄的晚霞点缀天边，远处白色房屋和红色的屋顶层层叠叠，错落有致；红彤彤的大火球悬挂在碧海和蓝天之间，映得满城澄黄红火，将偌大的尼斯海滨，装点成一幅幅别开生面、情趣盎然的异国海湾度假风情图片，如普罗旺斯特有的色彩斑斓的"印象派"油画，诱惑我们痴想联翩。

真的完全沉醉于此刻的阳光。虽已在徐徐西下，却灿烂依然，且已没有当空时分的刺眼和灼热，伴着地中海清凉温润的晚风，暖暖的洒满全身，舒适无比；如风情万种的端庄典雅美妇，虽已不是少女向日葵般的热烈和激情，却似薰衣草般清幽缠绵，韵味悠长。

蔚蓝海岸的清晨，又是别样的心情。

渐渐苏醒的地中海，海天一色，视野旷阔。其中最惊艳的风景，便是那蓝宝石般透亮的海水。冉冉升起的朝阳，铺洒在幽蓝的海平面上，使海水呈现分明的颜色变化，从近处浪花的白色，浅蓝，天蓝，蔚蓝，湛蓝，紫蓝，漫延到海中心的深蓝，如一块巨大无比的变色蓝宝石，如梦似幻，美轮美奂；蓝宝石中央，散落着一块块的珍珠灰色礁石，海浪一波接一波地打在礁石上，浪花飞溅；三三两两的海鸟穿梭飞翔在蓝天海浪间，清晨宁静的海湾立马鲜活生动起来，不得不让人惊叹大自然的鬼斧神工！

依偎着这一湾碧蓝海水的白色鹅卵石海滩，也是我的最爱。和一般的海滩不同，尼斯的海滩上铺满圆圆滑滑白色的小鹅卵石，错落圆润，映得蓝绿色的海水越发晶莹透明；远远望去，绵延数里的白色沙滩，白色的躺椅、蓝白相间的帐篷点缀其间；远处山脚，白色的房屋层层叠叠，与蓝天碧海相接，这变幻多端的蓝白相间背景，在阳光的包装下，映衬砖红色的屋顶显得更为烂漫。

当然，无论黄昏清晨，蔚蓝海岸让人心跳加速的风景，还是那满眼绚丽的比基尼和古铜色的曼妙身姿。盛夏的尼斯海滩，每天都上演着一场场活色生香的声光秀，充满了青春和魅惑。

苏珊介绍说，很多来尼斯游玩度假的人，就在这里订个酒店，每天啥都不做，就来海边躺一整天，饮酒喝饮料吃点心晒太阳！

为了让阳光深入到五脏六腑，海滩上的女士们甚至连三点式都不保留，仅留下"一点式"；海边不时奔跑着光屁股嬉戏的洋娃娃，着实可爱。在伟大的自然面前，世俗的力量不堪一击，而人也成为自然美景的一部分。我想，每一个人，来到这种地方，在这种开放自然的氛围中，都会坦然地一脱到底吧。

发呆，发呆

尼斯真是一个特别适合发呆的地方：

沐浴着灿烂的阳光，坐在街边独具风情的咖啡馆红伞下，要上一杯冰镇饮料，悠悠看着眼前身穿艳丽的三点式，蹬着拖鞋走来走去的人群。

晒太阳，喝咖啡，看表演，尼斯老城街头，享受慵懒的下午

　　清晨，换上最清凉的泳装，跳进湛蓝透亮的海里，搏击冲浪；黄昏，拖着情侣的手，林荫大道悠闲漫步。

　　爱美感性的小女人，别忘了抽空去大街小巷的各色商店逛逛，寻找心仪已久的宝贝；带上孩子，去名胜古迹探究……

　　或干脆就呆坐在沙滩上，白天躺着晒太阳、看书；夜晚对着静谧的地中海夜空喝茶聊天，或干脆停止思想，停止活动，呼吸来自地中海的湿润空气，静静地听着海浪和波涛声缓缓摇动……

　　一切的游荡踯躅，只是让时光停留，让脑袋休息，让烦恼遁迹，让心情阳光，让眼睛欢笑……在洒满晨光的临海大道上迎风漫步，和穿行在身边晨跑的帅哥点点头，给迎面过来的轮滑少年扮个鬼脸，送匆匆的行人一个微笑，陪街边的椅子上坐着看海的老人聊聊天，展开灿烂的笑容合个影……拥抱身边的一切美好，采摘点点滴滴的情韵，收获属于自己的幸福和快乐。

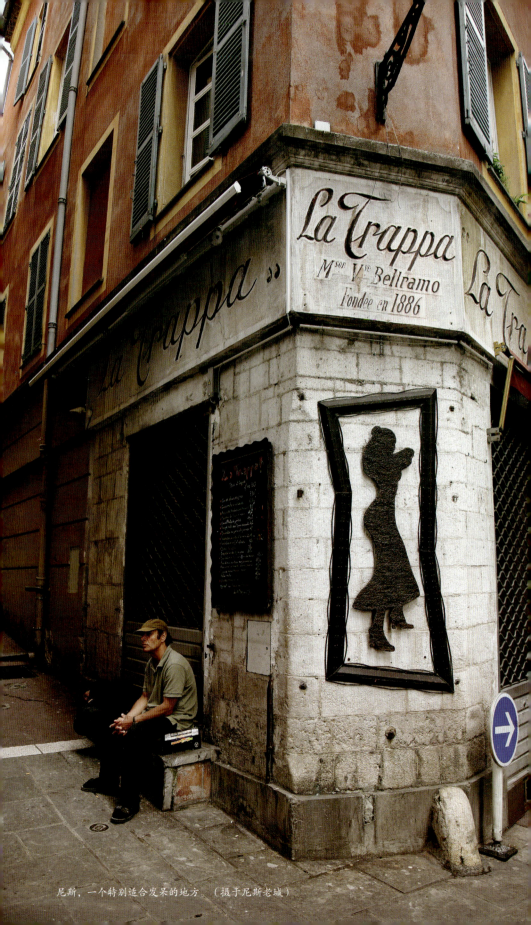

尼斯，一个特别适合发呆的地方。（摄于尼斯老城）

满眼的异国景色和风情，还有此刻惬意明朗的心情，真切地告诉我，真的站在了以往在画册和电视中才能看到的蔚蓝地中海边，走在黄金海岸尼斯的大道上了。或许，幸福真的在别处？

难舍尼斯：幸福在他乡？

除了海滩，浓郁意大利特色的老城区和港口码头，也是来尼斯的人必游之地。可惜时间不够，我们没能进入老城区游览，不过，驱车经过城区边缘，街边意大利风格的小商店、餐厅、夜总会，鳞次栉比，高大的房屋和狭窄的街道是颜色清淡的意大利风格，西西里王国的生活气息和情调扑面而来，而古罗马的辉煌历史，仍然在我们车边快速地流淌。

来到尼斯港码头，无数豪华的私人游艇整齐地停泊在岸边，白色船帆在太阳的照射下十分耀眼，提醒游人这里是富豪集聚地。右侧是小街道，形形色色、千奇百怪的商店和咖啡馆，一顶顶红色的大伞敞开在街边。人们晒着太阳，喝着咖啡，享受着慵懒的下午。

人们称尼斯为"世界富豪聚集的中心"，海边豪华别墅、比比皆是的昂贵商店和艺术气息的交织，使尼斯形成富丽堂皇与典雅优美的独特美。苏珊带我们爬上港口附近的一座城堡山丘，她说那里是尼斯的富人别墅区，在山腰部分，可以俯瞰蔚蓝海岸的全景。车子在一条狭窄的小路上攀爬，沿途是风格各异的别墅，苏珊指着山坡上一栋占地较大的别墅告诉我们，这是欧莱雅小姐的度假别墅。难怪如此豪华。

站立在半山腰的一块平地上，俯瞰蔚蓝的地中海。放眼远眺，宽阔无边的金色海岸，湛蓝的海水点点白帆星罗棋布；蜿蜒的海岸线向天边延伸，明净无瑕的蓝天下，白墙红顶的房屋掩映在青山间。

苏珊告诉我们，尼斯每年都有许多盛大的节日，如赛花节、帽子节、五月节等，而尼斯狂欢节又是最具吸引力的一个。尼斯的狂欢节比夏日海滨更热闹，每年的2—3月份，举行近三周的狂欢活动，包括花车游行、放焰火、化装舞会等系列活动，届时满城飞花，落英缤纷，热闹非凡。善解人意的姑娘安慰我们说：下次你们要狂欢节的时候来哦。

短暂几天的相伴，我们和香港姑娘苏珊已经难舍难分。记得离开这里的时候，苏珊到酒店送我们。想到也许此生大家再难有机会见面，苏珊陪着我们几个姑娘难舍难分流下了热泪。苏珊，好姐妹，下次狂欢节时，我们来尼斯看望你和小宝贝吧……

悬着的鹰人，崖上的鹰巢村 （摄于圣保罗村）

PROVENCE

栖息鸟巢村

Ménerbes: Perches In Bird's Nest

梅纳村 *Menerbes*

入选法国"100个最美丽的乡村"，属于鸟巢村（一种战争年代盘山垒石筑的村落）。

村貌严肃，曾为罗马教皇国边陲，历任村长均由教皇指定，法国大革命后并入法兰西版图。

毕加索曾携情人朵拉居住梅纳，现朵拉（Dora Maar）故居无偿接待艺术家前来创作。

彼得·梅尔（Peter Mayle）1985—1995年住在村里，其以该村为原型创作的随笔集《普罗旺斯的一年》累计售出600万册，引发全球普罗旺斯热。

现任村长伊夫（Yves ROUSSET-ROUARD），开发了法国第一个政府经营的松露种植基地。

属沃克吕兹省，海拔244米，人口1120。

鸟巢村有军地两用功能。

每当城里人在城里待不住的时候——不管是夺命的金戈铁马，还是夺心的喧嚣文明，都会"返祖"，回归原生态，爬上鸟巢村。

栖息鸟巢村
Menerbes: Perches In Bird's Nest

普罗旺斯，人见人爱。

那她是谁的爱人呢？

比比看，谁的刀更快！

于是，普罗大地化为焦土一片……

像鸟巢那样挂着的村子

人和没了，只好要地利了。

受惊小鸟般的普罗大众，纷纷城市包围农村，下乡上山。

乡下的喀斯特山头，收容了这些逃亡的"客家人"。

村子依山而建，山道逼仄，像蛇一样盘山而缠；村头制高点，是那高高在上的瞭望塔；塔四周，是围绕它团团而建的石头民居，房子墙体浑厚，窗窄小乃至无窗，兼司碉堡之职。整个村子的建设，取决于山貌、山势，随机构"巢"，如云之行，水之流，不以格律拘之。

此村此景，让人不禁脱口吟道：咬定岩山不放松，千磨万击还坚劲！

终于，流民成了住民，"客人"成了"家人"。

这种村旧称"鹰巢村"，此名光听听，已煞气扑面，它易守难攻，不惧战火——石山、石屋有啥好烧的——侵略者又不是石灰店老板。

战火再大，终有熄灭时，工事瞭望塔离休了，青青的藤，伸出一双双颤巍巍的绿爪，努力屏蔽苦难的记忆。

鹰派转身为鸽派，村名改称鸟巢村。

这个巢，战时保护生灵不至涂炭，战后确保生活素质不低，比如蜘蛛网般撒遍山村的细密街巷，远比可以并驾八辆马车的柏油大道更人文；碉堡般的石屋，夏御热毒，冬挡寒风，低碳到不行。

彼得·梅尔旧居，在这座古宅住了二年后，他写出并卖了600万册的《普罗旺斯的一年》。（瞿晚霓摄于海纳村）

梅纳村里立有血渍斑斑的烈士塑像，碑座上刻着：记住他的牺牲。（梁文彦/摄）

    我身上流淌着客家人的血，我敏感地发现，鸟巢村其实是客家围屋的一个普罗旺斯摹本：同样是为了逃过刀兵劫，同样自闭，同样是一座自给自足的"微城"。

    19世纪铁路出现后，城市成了香饽饽，鸟巢村民纷纷农村包围城市。宅旧卖不掉，铁定心农转非的宅主又不愿交宅税，遂连打带砸搞拆迁，最终人去巢空梁也倾。

    当然也有人留守鸟巢村，目前法国境内这样的村子有150座，包括正在拜会的梅纳村，我们即将造访的戈尔德镇、拉科斯特村，以及艾日村（Eze）、圣保罗村（Saint Paul de Vence）。

梅纳简史

梅纳村，一个有故事的村子。

村长伊夫说，曾有一位以智慧见长的女神居住于此，女神现在已化成爱，散布在村里的那山、那水、那草、那木之上，受惠的人们，遂以她神圣的名字来为村子命名。

这里爆发过持续五年的教派战争，新教徒踞此，与天主教军队用冰冷的长矛相互刺探着信仰的坚硬；

这里凛冽过阿拉伯骑士的圆月弯刀；

这里一度是边城，教皇国与法国的边陲，现在看起来很严肃的北面村口，还遗有一道中世纪要塞之门，任凭空荡荡的岁月和村民来回穿梭；

…………

村里立有血渍斑斑的烈士塑像，碑座上刻着：记住他的牺牲。壮士白眼森森，让我心悸不已。

是的，今天的幸福和平，委实来之不易。

东西地理

占星大家诺查丹玛斯（Nostradamus）曾光临梅纳村，并在书中鉴赏道：梅纳，好比大海中的一艘船。

它确实像一艘浮在绿色海洋上的石船：

说它是石船，首先它是扎根在海拔244米的石山之上；其次，山顶平坦如甲板，东西狭长如船体。

说它浮在绿色海洋之上，是因为石山四周是浩淼无涯的葡萄田。

有人说，怎么用"浮"呀！为什么不用"泊"咧？我说岁月之河永无尽头，你我所见仅为弹指一瞬，你咋知道再过一万年它不会向前大漂移呢？

刚才已提到，梅纳是一"条"东西狭长的村子。

西边人气旺，有咖啡屋、面包店、亚麻手工坊、香皂铺，以及时钟广场。

东边沉寂，有八百年前修的古堡，七百年前建的教堂。半坡上的这一片墓园，稀稀疏疏散布着实心的灰白墓屋，给人以"秋叶静美"的观感，大大地柔和了生与死、阴与阳的交界面，不同于咱们乡下坟山"纸灰飞作白蝴蝶，泪血染成红杜鹃"的阴森瘆人。

墓园堪称该村最佳观景台，东张西望，全村美景乃至四周田园风光一览无余。

曾经金戈铁马，而今艺术小城 圣保罗亦为鸟巢村。

人生"家"年华

虽然梅纳村入选"法国最美丽的乡村"之一，其实村貌平平，其屋不及岩城戈尔德精美，其土不及红土城鲁西永鲜艳，其水不及碧泉村枫丹灵动。

但是，它自有一种独到的味道，一种近悦、远来的魅力。

我行走在数百年都不曾变过的鹅卵石小径上。

幽径独行迷。

步移，景异，我无法想象下一个拐角处，等待着怎样的惊喜?

我希望逢着一个薰衣草一样结着芬芳的吕贝龙姑娘；或者，屋顶上一跃而下一个披着黑斗篷、有着融化冰雪容颜的罗马轻骑兵。

我不着急寻找出路，而是沉湎于迷踪于曲径的幸福之中。

在村子出口墙壁,写着一句话: La Vie Est Belle! （生活如此多娇!）

  我终于想明白了：梅纳村的独特味道，就是"家"的味道，她富有人间烟火味，散发出家居生活的浓郁气息。

  倦鸟返巢，游子回家。家是人的第一宇宙。

  游子想回的家，并不需要太美丽，像戈尔德镇、鲁西永镇、枫丹村这种形象出众的地方，就像太狐媚的女人一样，是男人渴望过夜的旅馆，却不是他们眷恋一生的故园。

  所以，原生态的梅纳村，成为千百年来一代代远飞倦"鸟"眷恋的精神鸟巢。

  有人说，如果能够寻到内心的宁静，那么，普天之下，处处皆是普罗旺斯。

  这句话境界过于大乘，不具备世俗操作性。

  人们心灵皈依，总得有个仪式；

  而梅纳，无疑是仪式感非常强的地方。

穿越万年石头城，最美莫过一抹翠绿相伴。

PROVENCE

天上白玉城

Gordes: White-Jade Town In Heaven

戈尔德镇 *Gordes*

　　入选法国"100个最美丽的乡村"。公认的普罗旺斯最漂亮小镇。属于鸟巢村。

　　古代军事要塞。小镇房子都是无浆砌的石屋，屋子都建在石山之上，人称"岩城"。

　　岩城最高处是建于文艺复兴时期的戈尔德古堡，堡内的美术馆，展览着前堡主、欧普艺术之父、匈牙利来的大画家瓦萨雷利（Victor Vasarely）令人眩晕的抽象作品。

　　近年很多巴黎明星前来建休闲别墅，这对古风有所破坏。

　　每年7月13、14日举办戈尔德品酒节。

　　属沃克吕兹省，海拔373米，人口2127。

天上白玉城，日暖玉生烟。
像天主教那么严肃，又像天堂那么精美。
最上镜的普罗旺斯先生，最受欢迎的明信片男主角。

天上白玉城
Gordes: White-Jade Town In Heaven

　　天空之城。

　　不是说戈尔德有多高，论海拔它只有373米；

　　我想赞叹的是：此城只应天上有！

　　戈尔德镇建在山上。

　　山是石山，所有的屋子都用浅白色石头垒成，梯田似的，密密匝匝叠满山。

　　远远一看，宛如一块大石头做成的雕塑，典雅，精巧，酷似岭南牙雕的"鬼工球"，有一种剔透的精致，遂想起一首老歌——《金瓶似的小山》。

　　再一细看，一间间石屋依山势而建，有着根雕般的"即兴"机智，它们是

一部刻在石头上的史诗，石们长长短短、大大小小地垒在一起，其排列组合，流淌着一种悠长的韵律。

如此的和谐，以至我觉得，石屋们就是长在山岩上的，或者说，山岩上生出了众石屋。

我的目光追着那条盘山石路螺旋式上升，就像是在一圈圈地削菠萝。

四周的翠绿田野空旷疏朗，衬得小山城异常紧凑，让它成为一座悬浮在空中的大城堡——戈尔德的意思，本就是"高悬的村子"。

这样的城，更适合远观，而非近赏——遥看汉白玉，近瞅石灰岩。

不过，我们不得不登山，不得不进城，因为我们要拜谒一位品酒师。

他从巴黎来。

他本是西北部布列塔尼（Bretagne）人，中学毕业后只身到首都，奋斗十五年，终于成为一名尊贵的品酒师，出过五本葡萄酒专著。

但是他也饱受"大都市综合征"的折磨，后来逮住一个机会，举家南下普罗旺斯。

如今他住在梅纳村的一个小院，上班就在戈尔德最好的一家酒店，每天悠悠驱车过来，十来分钟就可以到岗，绝无塞车之嫌，且沿途看到的，不是人山，而是花海。

他叫帕斯克（Pascal Vincent），优雅，敦厚，有点拘谨，一头黑发，让我们很是亲切。

帕斯克陪着我们，漫无目的地在城内游走。

岩城新娘，爱情坚如磐石。（摄于戈尔德）

整个小城尚在午睡，时间也在安息。

帕斯克说，这里曾是强大的罗马人的屯兵要塞。

Gordes有人翻译成"高尔德"、"哥尔德"，看来译者偷懒了，并没有深入了解这座精美山城的"金戈铁马"岁月，一本台湾图书甚至把它译成"勾禾德"，莫非台湾人认为岩城是农业城？要真这么想，翻成"割禾得"岂非更传神？

帕斯克的英语是限制级的，我的法语则尚待激活，所以，我没办法告诉法兰西朋友"信、达、雅"的翻译心得，这让我颇有点怀才不遇。

山路十八弯，我想，若踏着木屐，拾级叩击在这古老石阶，发出声声脆响，该是一件赏心悦目事——放心，不会吵到里边的，墙那么的厚，门那么的重。

普罗旺斯古村老镇的脚下，要么是榜书气派的石板路，要么是小楷气质的鹅卵石路，我足迹所踏之处，印象最深的，正是岩城的小巷路，其横平竖直，法度森严，风骨硬朗，当属柳体一脉。

为了中和石质建筑的硬，岩城重视绿化、美化。远可观绿树与白石交错，近可睹鲜花、芳草点缀窗户和阳台，如此，刚与柔，拙与巧，死与活，获得了一种微妙的平衡。

戈尔德被称为"岩城"，因为这个两千人小镇的所有屋子，都是用石头建的，每一砖都是，每一瓦都是。更准确来说，是用石片搭的，用浅白的大块石片像搭积木那样搭。

我每每陶醉于这种石砖搭的建筑。之前在广西的黄姚古镇也曾留意过。

砖们长长短短、大大小小地垒在一起，参差错落，其排列组合，流淌着悠长的韵律……

这里头蕴含着艺术创作规律，比如平仄，比如谋篇布局，我赞叹无名工匠创造的智慧与美。

现在我们看到的石屋，基本上是600年前留下来的，村民都住在文物之中。

普罗旺斯的文物不藏不掖，总是生长在大地之上，它们就像从地里长出来一样，跟四周的山、水、花、草浑然一体。

每念及此，我就泛起浅浅的感伤，我去年曾为一个频道的公益片写文案，创意是一个主持人在咔嚓咔嚓抢拍行将拆除的广州老建筑，字幕：别让遗产变成遗照……

戈尔德的石屋们遭遇过天灾——125年前，这一带发生地震；

更遭受过人祸——70年前，德国纳粹在村里大肆搞破坏。

但是，它们却坚强地挺住，持续地为一代代新主人遮风蔽阳。

雕栏玉砌今犹在，往事知多少？

小楼昨夜又东风，回首春花秋月，故人朱颜改。

这是一种坚硬的石文明，这一部部"刻在石头的史诗"，让来自木文明的东方客十分陌生。

木的速朽性，让它们无法抗拒时间的侵袭，让我们不易目睹数百年前的远东建筑，然而，我们的五千年文明却完整绵延至今，为什么呢？

因为，华夏文明不是建在大地一隅，而是筑在心底深处，历史的火焰可以一次次吞噬它，但是我们很快又能重建，比如，滕王阁，如今我们看到的是它的第29版，只要还有人还在吟诵"南昌故郡，洪都新府；星分翼轸，地接衡庐"这样的星斗文字，它就不会崩坍——好比只要犹太人还在信仰犹太教，这个种族就一定野火烧不尽。

——从器物实存，到精神实存，再返回器物实存，这种格式转换，是不是咱们木文明生命力蓬勃之所处？是不是最珍贵的东西，并非存在保险箱里，而是藏于心底？

人在中世纪游荡，有一种穿越的快感。

经过一栋两层高的楼时，突然听到一个小孩的叫声，抬头一看，一个银发苍苍的老太太抱着一个小姑娘站在阳台上。

老太太跟帕斯克亲热地聊了起来……

普罗大地上，生长着一座座如画般的古村老宅

扛得住天灾，扛得住人祸，扛得住时光侵蚀，石屋们固若金汤，沧海从来不曾变桑田。

如果说梅纳村以很闭合的结构，让人感怀家的温馨的话，那么，戈尔德镇，则以最坚固的姿态，见证着家的稳定。

时针指向下午三点，我们追随帕斯克回他工作的五星级酒店去瞅瞅。

我们正准备给帕斯克拍一张工作照，突然有一双温暖的手轻轻地拍了拍我们的肩头。一位鹤发童颜的老先生，打着手语把我们请到了另外一间房子，他自我介绍说他是酒店老板，极其礼貌地问我们能不能不拍照。

后来帕斯克告诉我们，越来越多的成功人士来此定居，其中大部分是巴黎的娱乐明星，现在岩城快变星城了。

哦，难怪，刚才我们端起摄影枪时，那对男女朝"狗仔队记者"投来貌

似嗔怒其实窃喜的一瞥，然后机敏地调整坐姿，把他们相对好看的侧脸露给镜头，就像CoCo李玟那样。

帕斯克说，很多人来戈尔德不是为了戈尔德，而是为了追星。同时这些巴黎明星盖的带游泳池的新式别墅太抢戏，破坏了古风。这些，让两千原住民的意见越来越大，刚才抱孙女的那个老太太，就跟他抱怨个不停。

告别时，帕斯克惋惜地说，你们来得早了些。

每年7月13、14日，是令人沉醉的戈尔德品酒节，美酒狂欢节，人生嘉年华，酒神下凡了，远远近近爱酒的人都来了，连帕斯克本人都未必见过的美酒也来了，把酒淋地醉红花，举杯向天邀青云，男男女女手牵手，跳起法兰多拉舞，天不拘兮地不羁，岩城成了原生态迪厅，直叫人醉生梦死！

红土城里，千百年来贮存着多少秘密？

PROVENCE

听听红土城的B面

Roussillon: Another Story, Bloody And Cold

鲁西永镇 *Roussillon*

普罗旺斯最鲜艳的小镇，入选法国"100个最美丽的乡村"。

鲁西永就是"红色之山"，富含赭石矿藏，被誉为"普罗旺斯的科罗拉多"。

在合成染料兴起之前，这里是普罗旺斯红颜料来源地，法国油画原料供应地。

镇子建在血色悬崖边上，从屋子到墓碑都是红色的，这是一座红土城。

二战时《等待戈多》作者贝克特（Samuel Beckett）来此避难五年。

属沃克吕兹省，海拔345米，人口1190。

我以为，在普罗旺斯，天上最艳的是太阳，地上最艳的是薰衣草，山上最艳的，则是红土城。

听听红土城的B面
Roussillon: Another Story, Bloody And Cold

岩城九公里之外，是一样拉风的红土城。

岩城素颜，红土城红妆。

早在两千年前的罗马时代，它就因盛产那种鲜艳如血的矿石而驰名，到了四百年前，它更是"红"极一时。合成染料兴起后，小镇的采红业日渐式微。

不过，这一方热土，很快便以日出红胜火的村容，强力吸引着天下观光客。

红房子，红房子，红房子，一间间红房子，垒成海拔345米的红土城。

正如《等待戈多》作者在剧中所讶异的那样：所有的一切都是红色的！

红房子的红，细分为粉红、橘红、褐红三种，仿佛一首红歌分低音区、中音区、高音区。

红房子为主旋律，蓝窗、青藤、紫花多声部伴奏，交响着幻城的缤纷音乐。

跟不施粉黛的梅纳村不同，跟肃穆、圣洁的戈尔德镇也不同，鲁西永有着一张童话般鲜艳的脸，乍乍一看，就像是动画片的截屏，裸露出那种非人间的质感。

过于美丽的东西，往往会有令人瞠目的B面。

比如，罂粟花艳压人间芳菲，可惜，这朵花结的是那种果；

比如，日本留学生容子曾告诉过我，无望的人儿，爱到树下剖腹，血润深根，樱花越开越绚烂；

又比如，如果你把镜头聚焦一个局部，你会发现，鳞片暖红、纹理妍丽、粼粼着诱人的光泽，如若您把镜头推远，会发现那是一条正在盘旋的蛇，一条让人灵魂战栗的蛇；

……

那么，童话之城这一盘岁月卡带的B面是什么？

血崖！

红土城的画廊，散落大街小巷

红房子为主旋律，蓝窗、青藤、紫花多声部伴奏，交响着幻城的缤纷音乐。（摄于鲁西永街头）

  依山而建的村镇遍布普罗旺斯，但是，像鲁西永这样建在悬崖边上的，并不多见。

  红为火，火势炎上，火光明艳，火焰闪闪烁烁，火舌灼人，火为判官，宣告事与物的终结。

  跟镇里那些红房子流露的暖色表情不同，血崖猩红、破裂、陡峭、锋利，像一把滴血的钢锯，锯伤猝不及防的观者的眼。

  普罗旺斯的古村老镇，个个都流传着悠久的故事，然而，相信无论哪一个故事，都不及红土城的这个更令人缄默——

  远方吟游而来的俊逸诗人，与镇里一个贵妇人一见倾心。

  高海拔的情焰在沸腾，他们频频月下幽会。

  贵族侦破后，把风流诗人的心剜出来煮熟，把他的血混入红酒中，待不知情的妻子饮食后，才一字字道出实情。

  她缓缓走到断崖边，袖随风起，无翼的美丽女子血沃热土……

  基于不同的情感立场，不同的人听完这个故事后，会有不同的听后感。

  在普罗旺斯经典的"骑士&贵妇人"的旖旎大戏中，铁蹄骑士换成了游吟诗人，而那个一直被矮化、被丑化乃至被屏蔽的角色，突然以冰刀般阴鸷、锋锐的姿态出镜维权，他手刃入侵家庭幸福的外敌，冷血惩罚失贞的伴侣。

  谁是错的？谁又是对的？

街边，随手拍下的窗门板都是艺术家的画板
（摄于鲁西永街头）

阳光、蓝天、花草，窗外心景……（摄于曾画永）

佛陀开示道：凡情皆孽，无人不苦。

血酬，莫非唯有血酬，才能让这一出情之戏喑哑谢幕？

于无声处听惊雷。

又想起一个外国人的失语故事。

70年前，一个逃难的爱尔兰犹太人在红土城长住五年。

当德国纳粹侵占巴黎时，他参加了地下抵抗组织。风声紧时，他与后来成为他妻子的法国人苏珊，看着月光下纳粹哨兵的笔挺剪影，手牵手弓着腰穿过农田，逃亡到这个红艳的小山城，靠帮镇里一个农民打工，换来让他们活下去的面包。

是时，这个建在陡崖一侧的千人小山寨，目空四海的德国人不屑于占领，而是驻扎在邻近的省会阿维尼翁。

他名满天下之后，美国记者采访他前东家的儿子。

小伙子用钦佩的口吻回忆那个憔悴、沉默、有点驼背的爱尔兰人，说他在骄阳下干得挥汗如雨，却从不讨口水喝。刚开始还以为他不会说法语，偶尔听到他一张嘴，却惊讶地发现他的法语简直说得比鲁西永人还要好。

村里还藏匿着三个逃难来的犹太人。收工后，他有时也会和他们默默地低头下国际象棋。有一次下到一半时，这两枚被残酷命运驱使的"棋子"不约而同地抬起头，相互用眼睛询问：村民写信到阿维尼翁告密怎么办？纳粹来了怎么办？

夜半，山上的犬吠声此起彼伏。看着假寐的苏珊，想起村民们的猜忌、刁难，披着衣服的他静坐到拂晓。

她不好看，还大他六岁，据说他并不爱她，不过，后来大红大紫的他，仍迎娶了年逾不惑的她。

镇里靠山顶的地方有一个教堂，这是罗马时代留下来的，600年前翻修过一次。

教堂很小，简而不陋，一排排原木条凳，使我想起了80年代的小影院。那座清丽绝尘的白衣圣母雕塑，貌似大慈大悲的观世音菩萨，我静静地行了心礼。

普罗旺斯村村镇镇皆有教堂，信徒们蒙垢的心灵，全仰仗天主清洗——就像中国几乎每一村每一寨都供奉着祠堂，几乎每一个村民都坚信列祖列宗会保佑他们平安健康、升官发财一样。

当然，我们喜爱的是善良、有求必应、不需要互动的母类神灵，并不欢迎威严、戒律森严、互动性很强的父类神祇。

不知道他可否来过这个教堂？

当然，即使他来，他也找不到慰藉，他是犹太人，他信仰的是犹太教。

1945年，"天主"——美国"解放军"来到了红土地，苦难零落成泥，军民大联欢，今夜无人入睡。他没有参加。

他和那三个天涯沦落的难友抱成团，呜咽，号啕，灌酒……

重归巴黎后，他争分夺秒地创作，写出了战后法国舞台上最叫座的黑色喜剧：《等待戈多》——两个流浪汉在茫然地等待着戈多先生的到来。等待，象征人生状态；戈多，象征人生价值。

他后来获得了诺贝尔文学奖，他的名字永垂史册：贝克特（Beckett）——在鲁西永，这个名字足以映山红。

没有出席颁奖典礼的他声誉日隆。

他大隐隐于市，极少跟外人打交道，到了晚年，他住进养老院，几乎不开口说话。

鲁西永度日如年的无望等待，早就让他对一切的一切死了心。

在《等待戈多》里，他始终没有让戈多到来。

贝克特，"有史以来最冷酷的作者"。

情潜已久，空谷幽间透。翡冷翠，波痕陡。（摄于索尔格河）

PROVENCE

临流照影 绿上眉弯

Fontaine De Vaucluse: Green Reflects

索尔格河，似乎更像徐志摩笔下的"翡冷翠"　（摄于枫丹村）

源头活水来

川流不息，为枕水人家在消着暑，这个山谷，润而不湿。

我们溯源，沿着岸边一条蜿蜒的石头路逆流而上，沿途绿树遮天。

十五分钟后，我们攀上了山顶，旅法摄影家王志平老师一指：到了，这就是泉源！

泉源三面环山，山洞张口，泉水平静，这是法国第一、世界第五大涌泉。

泉侧那一株鞠躬树，伸出凝碧的疏枝，徒劳无益地遮挡我们窥探的目光。

问王老师，这泉得有多深啊？

王老师笑眯眯告诉我们，普罗旺斯人对这个问题好奇上千年了，可惜压力太大，深不可测，一直到26年前，出动无人驾驶的潜水艇，才终于量出泉深：315米。

315米！它的身高跟戈尔德镇、鲁西永镇差不多嘛！

王老师唆使我伸手戏戏水，我依言伸手——WOW，太冰了！以至我觉得只要吹口气，泉面就会刹那结冰，就可以履冰前行。

这是源头活水，贞洁的水，没有受过文明污染的水，它孕育出伟大的索尔格河。

我终于知道这个村得名的由来，村子的全名是枫丹·德·沃克吕兹，意为沃克吕兹（省）的泉水，枫丹就是泉水。

碧水造花纸

下得山来，王老师带我们参观岸上的老造纸作坊。

说它老，因为这个作坊，600年前就诞生了；

说它老，还因为这个作坊，1968年就退休了。

靠水吃水，泉村人利用充沛水力驱动水车，从而驱动造纸业。本地特产是一种把野花压入纸内的纸张。

巨无霸般的大水车今犹在，其侧一家纸品店，还在销售用传统手工制成的纸，花花绿绿的，煞是好看。

我不敢问津，在普罗旺斯，凡是手工整出来的东西，都是贵得骇人。那位像传统纸张一样典雅的老板娘只是冲我们笑笑，并没有抱着一大卷纸张堵住退路推销，她知道，顾客买的是商品，不是热情。

橱窗里展览着一枝黑色的鹅毛笔，这是我生平头一回看到这玩意儿，以前老是在欧美古装片里见到贵族们斜执着它走笔"流利似飞箭"，我觉得它比咱们悬肘的狼毫笔要拉风一点。

老作坊高悬着四块牌，兹自豪翻译如下：

——公元105年，中国人发明造纸术；

——公元751年，阿拉伯人跟中国人学会造纸术；

——公元1250年，东征十字军跟阿拉伯人学会造纸术；

——公元1798年，法国人路易斯·罗伯特发明机械造纸术。

艺术与生活之间，鸿沟业已填平，这才是真正的诗意栖居

PROVENCE

尼斯早市，给幸福铺底

Morning Market In Nice

所谓浪漫也好，幸福也好，它是内心的纯净，节奏的舒缓，细节的享受，是以对待艺术的态度对待生活，在日暖林闲、鸢飞鱼跃中度过一生，找到生命的质感和意义。

穿过小巷，尼斯的早市轻轻地消逝在身后，温润幸福的味道却久久难忘。

尼斯早市，给幸福铺底
Morning Market In Nice

去普罗旺斯之前，一直听说法国传统的露天食品市场（集市）是一大景观。有资料说，许多年前，在法国的各个城市，包括乡村小镇，都存在这种以生鲜食品为主的户外商品交易市场。小商人在镇上的街道或者露天广场云集，摆设摊位，贩卖生鲜食品。每个社区一般在固定的街道举办这样的集市，至少一周一次。

记得中学课本中，法国作家莫泊桑《我的叔叔于勒》一文，就写到生吃牡蛎的情景，它一直在我的记忆中充满吸引力，可惜它是在船上——但我估计小集市上也可以买到牡蛎。

尼斯的集市清晨六点就开市，延续到中午一点半结束，所以本地人称之为早市。法国传统的食品市场是不定期举行的，一般是每周一次，但是在尼斯，每周二到周日的上午都开放。这种看似传统原始落后的贸易方式，在尼斯这样发达的现代化城市，不仅没有消亡，还日益兴隆，变成了每周两次的节目，还真是意外。

早市设在尼斯老城区里的一个小广场上。从尼斯城堡山下来，经过港口到城区，不到十几分钟的车程，到达一条不知名的街区。停车，穿过一条小巷，一个热闹繁忙的露天集市就出现在眼前。

集市在小广场中间摆开。我真的不太忍心把这么一个精致的地方叫做菜场。但它确实是个菜场。

广场四周是一栋栋三四层高的房屋。这些公寓外墙是古朴的土黄色，看起来都有不少年头；天蓝色的木质窗户里，隐约可见绚丽的窗帘飘动，各种鲜花青藤爬满窗台；造型豪华的铁艺阳台栏杆，盛开着色彩斑斓的各种鲜花和植物，交融倚傍着一栋栋古旧的建筑，共同演绎着传统与现代的交替，让人慨叹已逝时光的尊严和现世的活力如此和谐。

临街一楼都被开辟成一间间风格各异的咖啡馆、小酒吧和小餐馆，一排排的餐桌环绕广场周围摆开。这些小餐馆布置精致讲究，韵味别致的门牌造型、质地精良的餐桌座椅、张扬绚丽的风格色彩，无不透露法国人一以贯之的文化追求和精致品位。

中间便是一块面积不大的空地。除了早市，这里也是尼斯本地人的一个美食广场。小小广场，上午下午都是热闹非凡，只不过上午是食品集市，下午和晚上便是美食大餐。

从下午开始到深夜，广场摆满餐台，非常热闹。这里汇聚了很多地道的尼斯风味小吃，价廉物美，光顾的主要是本地人。

古城巷陌：俗世喧嚣装裱下的绵长历史。
（摄于尼斯老街）

紫皮萝卜！（摄于尼斯早市）

尼斯的早市整洁干净，充满活力。

集市摊位由对开的遮阳棚组成，摊铺一个挨一个，呈四列纵队在艳阳下笔直地延伸开去，大约有100米长，中间是顾客过道。

市场售卖的品种之丰富令人大开眼界。生鲜食品区，生猛的鱼虾蟹蚝，粉嫩鲜亮的鸡鸭牛羊，鲜花蔬菜水果，菌菇香草，应有尽有；半成品食材区，各式腌制肉品，海鲜炒饭，意大利披萨，手工蛋糕面包，以及农家自制的蜜饯、腌制品；熟食区的大锅煮着肉肠酸菜，电动串烤箱的肥鸡羊腿飘出一阵阵诱人香味……

特别诱人的是那些形状各异、色彩鲜艳的时令蔬果，最能展现普罗旺斯充沛的生命力。南法地区日照充足，果质优良，品种之多、味道之鲜美、色彩之灿烂、模样之奇特，真是让人大开眼界。这里的水果有近100种，就连西红柿这种最普通的蔬果，都超过10多种形状。

还有普罗旺斯的各种特产，包括各类薰衣草制品、手工香皂、润肤品、纺织品等等，琳琅满目，好一个生机勃勃的精品露天超市。

这些商品都各分区域，分门别类，摆放整齐，包装精致，即使禽肉等食品也摆放有序，整洁干净；站立在市场边，一眼望过去，阳光灿烂的蓝天下，黄白相间的遮阳棚，造型精致的摊位架，色彩艳丽的各色蔬果，笑容洋溢的悠闲主妇……

　　集市上另外一道风景是摆卖食品的摊主。他们不是高声吆喝的小贩形象，更多时候是静静地摆弄自己的摊位和货品，颇有街头艺术家的气质。法国人的环保意识极强，来逛街市的顾客大都挽着各式购物的篮子和购物袋，而购物袋多为可降解的纸袋子，纸袋上印着薰衣草、向日葵等普罗旺斯标志的图案，或者一些色彩绚丽的油画，非常精致漂亮。

　　集市安静有序，虽然人来人往，但是不显得喧闹。逛市的除家庭主妇，也有许多夫妻或者大家庭成员结伴而来，年轻的夫妇有的还推着婴儿车，还有拄着拐杖的老人，牵着小狗的孩童……无论如何，大家都有序地行走，慢慢挑选；互相询价交谈都是轻言细语，温文尔雅。暖暖的光影中，提着篮子，欣赏琳琅满目的各种美食，慢悠悠挑选采购，想象着这些食物即将变成中午的美食大餐……买菜都会如此的美好，这样的生活、这样的姿态，想不幸福都难。

　　这是21世纪的法国吗？

　　苏珊似乎看出来了我们的困惑，她告诉我们，在法国，多少年来一直延续一个很温馨热闹的传统习俗——家庭聚餐日。每个星期六或者星期天的下午，全家老小都聚在一起享用盛宴，欢度周末。因此，最重要的集市一般是在周六或者周日的上午，家庭主妇们汇聚这里，为一周中最重要的一餐选购新鲜食品。

　　苏珊告诉我们，尽管这种古老原始的经营方式在世界上很多地方已经消失，但是在今天的法国，特别是在南部的普罗旺斯地区，露天农贸集市依然生机盎然，红红火火。历经千百年的沧桑巨变，集市丝毫不输都市里常见的大型室内购物超市，是当地居民选购日常用品最重要的场所。

　　这种延续千百年的传统贸易方式，在经济最为发达地区的法国还如此兴旺，和西方美食家法国人对于"吃"的讲究有密切的关系。

　　为保证出品食物的优良品质，法国人对未加工的生鲜食物有着其它西方工业国家难以想象的执着和着迷：牛肉要买摊子上划分部位切好的；蛋要买农庄户外放养的鸡生的，最好有标示饲料为纯谷物，还要有一定比例的蛋白质；腌渍橄榄当然是木桶里湿淋淋捞出来放进小袋子里称的滋味最好；乳酪火腿总要现点现切打包回家，真空包装过的口味就差多了；水果要求是刚从果园采摘下来，最好带着清晨的露珠清香……这样如此，"好吃会吃"的法国人痴迷传统生鲜集市就不足为怪了。

在生活的集市银摄艺术的空间 （摄于尼斯老街）

色彩艳丽的蔬果，笑容洋溢的主妇，展现
普罗旺斯充沛的活力 （摄于尼斯老街）

　　在集市的一角，居然出现了街头画家。那是一位上了年纪的老人，头戴普罗旺斯特产的宽沿草帽，欧洲人特有的红润肤色，满头的白发，花白的胡子，始终坐在小凳子上低头作画，周围市场的热闹似乎与他毫无关系；旁边三个大小不一的画架，展示他多幅色彩绚丽的画作；地上还叠放着几幅已经完成的作品和画笔油彩。

　　我的心轻轻地动了一下。

　　这就是普罗旺斯，在生活的集市镶嵌艺术的空间，在艺术的空隙找到生活的乐趣，艺术和生活如此自然结合。

　　对于普罗旺斯人来说，生活已经艺术化，而艺术也是生活的一部分，在艺术与生活之间，鸿沟已被填平。这是真正的诗意栖居，所谓浪漫也好，幸福也好，它不依赖物质的丰裕，也不依赖懒散闲适，更不依赖湖光山色、春暖花开，它是内心的纯净，节奏的舒缓，细节的享受，是以对待艺术的态度对待生活，在日暖林闲、鸢飞鱼跃中度过一生，找到生命的质感和意义。

　　一路跨洋过海寻找幸福，其实幸福更多的是一种态度，当我们以幸福的心态面对生活，生活的幸福之花将漫山遍野。

　　又一次穿过小巷，尼斯的早市轻轻地消逝在身后，温润幸福的味道却久久难忘。

女作家卡萝儿家中的蓝色门锁。
海洋，她一生的魂牵梦萦。

卷二　敲开幸福之门

Knock At The Door Of Happiness

我们何其幸福，可以走进普罗旺斯，天地大美，海美，安静的、摇曳的风物更美；

我们何其幸运，可以走近普罗大众，在走马观光客无意叩开的石头屋，一窥大千心世界：

——有的土生土长，祖祖辈辈扎根此地；有的来自遥远他国，发心终老普罗旺斯；

——有的四世同堂，有的孤家寡人；

——有的少有适俗韵，有的性本爱丘山；

——有的富可敌国，有的充其量是在养家糊口；

——有的是"活着的传奇"，天下无人不识君；有的过了邻村，儿童相见不相识。

在岁月长河里，他们垂钓到的，并不都是那尾幸福的鱼儿：

——皮尔·卡丹（Pierre Cardin）。少时贫寒，困于一箪食、一瓢饮；终生未娶，乏嗣传承巍巍帝业；这个世界上最著名的法国人已步入米寿之年，仍需工作在时尚前沿。

——伊夫（Yves ROUSSET-ROUARD）。电影大亨壮年立志从政，自觉为村民谋福利十五载，忙不完的人生事，弹指已过古稀年。

——让（Jean Lhébrard）。天性冲淡，奈何囿于那个最"美国"的地方上了一辈子的班；大女儿家事纷乱，为父的怎不心苦？

——杰罗姆（Jerome Bourgue）。一度漂泊于沸腾都市，浮萍无根；最终返乡躬耕农场，青春岁月清寂。

——卡萝儿（Carol Drinkwater）。孜孜以求一所面朝大海、春暖花开的房子，未果；无后，落寞庄园，山空橄榄落。

——司徒骥（Gabriel Sterk）。成"家"前醉心艺术，遭经商父母一再打击；立业后用心创作环保雕塑，孰料世人并不赏识。

——罗伯特（Robert Cohendet）。儿子接班酿酒业，媳妇百般阻挠；孙子辍学当宅男，前途灰暗无望。

——伊迪斯（Edith Mezard）。开了一家亚麻作坊，门前冷落车马稀。

——帕斯克（Pascal Vincent）。从少数民族边陲来到大巴黎打工，事业站稳了脚跟，心灵却摇摇欲坠。

尽管如此，面对面之际，我却不无惊讶地发现，他们心平气和、口角春风，幸福感扑面而来。

他们轻揉岁月之弦，慢运心弓，悠悠演奏着一支幸福曲，娱人，怡己。

我们促膝长谈，追根溯源，梳理人生经纬；

我们边走边聊，直指人心，交换对幸福的看法；

我也冷眼旁观，辗转反刍，努力破译幸福人生密码。

我发现，千江有水千江月，每个人心湖映照出来的那一轮幸福月，并不尽相同；

我发现，他们都已皈依幸福；

我发现，他们把生命当成一支箭，瞄准幸福靶心，挽雕弓如满月，放箭绝尘而去，百步穿心，箭羽犹在轻颤；

我发现，他们不是坐等幸福来敲门，而是走过去敲开幸福之门；

我发现，幸福是一位山居隐士，不嫌贫，亦不嫌富，喜静，他的柴扉，不能重重拍开，只宜轻轻叩开。

罗素早就提醒过我们：幸福，显然一部分靠外界环境，一部分靠个人自己。

这些"幸福教"的信徒，虔诚记取了"教义"——

幸福，终究取决于心态，而非状态。

所以，这九位生活艺术家能含笑敲开幸福的大门，登堂入室，淋漓享受人生盛宴。

君子不镜于水，而镜于人。镜于水，仅见面之容；镜于人，则知得与失。

如是，当有所思，有所悟，有所得。

……把手，透着一种岁月的悠远，诉说着这里发生的一个个故事。

PROVEN

皮尔·卡丹：工作时我才幸福

Pierre Cardin: I Am Only Happy When I Am Working

皮尔·卡丹（Pierre Cardin），采访对象中最大腕、最富有、最高龄的一位。

1922年生于意大利威尼斯郊区农家。17岁骑一辆破自行车到巴黎，十年后成为最优秀的设计师。

1977、1979、1982年三夺法国时装界最高荣誉——金顶针奖。1992年当选法兰西艺术学院院士，为唯一获得该殊荣的时装设计师。

他创立、改良的"皮尔·卡丹"服装、马克西姆（Maxim's）餐厅品牌，使"王谢"消费飞入寻常百姓家。

皮尔·卡丹是第一个进入中国的顶尖设计师，"皮尔·卡丹"是第一个进入中国的顶尖品牌。

十年前买下普罗旺斯拉科斯特村的萨德城堡，每年7、8月举办文化节。

这个"世界上最著名的法国人"已步入米寿之年，仍工作在设计前沿。

皮尔·卡丹：工作时我才幸福
Pierre Cardin: I Am Only Happy When I Am Working

西装加球鞋，这是欠发达国家进城务工人员的标准行头；

里面居然还套了一件绿色有领T恤！

——诸位，这不是皮尔·卡丹对别人的点评，是我们对他扮相的嘀咕，没事，反正访华近三十次的他的汉语水平仅停留在"妮豪"（你好）、"灾兼"（再见）的初阶。

起初，我们对自己的"第二层皮肤"深感自卑，要知道，我们即将面对的是百年来天下最负盛名的服装设计师。我们后悔出发前为什么不整一身"皮尔·卡丹"呢——他总不会富有自我批判精神吧？

孰料一见之后，我们立马升起了风尚评论家的优越感。

时装大师的私房菜

皮尔·卡丹，不是想见就能见。

在巴黎要见到他，得提前两周预约。

不过，地球人都知道，他对中国的感情，比桃花潭水还深千尺，他答应当日下午三点后挤出时间来接受访谈。

我们提前到达。既来之，则逛之。我们在拉科斯特村——卡丹大帝的"行宫"所在地东游西荡。此村属于鸟巢村，外观并无特突之处，唯一令我们惊讶的是外国人过多，且基本上不像是游客。

忽然看到这家"皮尔·卡丹"餐厅，遂欣欣然进来用餐。

摊开菜谱，头版头条赫然是"皮尔·卡丹私房菜"！两颊丰润的大厨Penoir笑眯眯地推介说，这是一种十分美味的西班牙火腿，卡丹先生很爱吃，所以他灵机一动，擅自取了这个名字。火腿自改名后倍受青睐，坐下来的顾客，都会点身价25欧元的它。

这个大厨真够聪明，居然掌握了东家的秘密武器。

皮尔·卡丹的惊人财富，大部分来自"授权"，比如，您要是觉得自己生产的马桶特别藏污纳垢，就可以跑来找他，给他一笔钱，签一纸许可合同，很快，"皮尔·卡丹"马桶就蹲满全世界啦！

皮尔·卡丹的同行没想过可以这么干，也不乐意这么干，所以他们没有他这么有钱，也没有他这么有名。

授权战略也有副作用，品牌形象容易变形。因此，法国人承认皮尔·卡丹，不怎么承认"皮尔·卡丹"。

私家城堡上演的艺术节

下午三点，在盘踞全村最高处的萨德城堡，我们终于见到了穿得像洗脚上田人士的皮尔·卡丹。

如果说总统府对面、巴黎奥诺里大街82号巍峨着卡丹王宫的话，那么我们今天所造访的普罗旺斯拉科斯特村城堡，就是这位时尚帝王的行宫。

在皮尔·卡丹到来之前，拉科斯特村是一个残破的老村，农田荒芜，采石副业灰尘满面，人口刚过三百，岁月的天花，侵蚀了城堡们的容颜，枯藤，老树，昏鸦，如此风物如此景，入得了国画，入不了油画。

不过，这是一个有故事的村子。

三百年前，这个城堡住过一个生前惊世骇俗、死后遗臭至今的潮男萨德侯爵（Marquis de Sade）——很黄很暴力的他真的很潮，永永远远都比保守的人类领先半个身位。

不过他死后，死忠粉丝却一茬茬冒出来，其中包括雨果、波德莱尔、萨特这样的文化巨人。萨德侯爵被吹捧为世界级的自由思想家、自由作家。

皮尔·卡丹2001年时买下了建于11世纪的萨德城堡，请来了历史学家、建筑学家，实地研究修缮方案，最后，有了眼前的这座拿铁咖啡色大城堡。——彼得·梅尔（Peter Mayle）1989年在《普罗旺斯的一年》书中提到该城堡时，用的是"断垣残壁"一词，该书要是再版的话，恐怕要与时俱进修订了。

戏迷萨德侯爵住在城堡时，常自编、自导、自演戏剧。

差点当了戏剧演员的卡丹在翻修城堡时，呼应前堡主复原了剧院。

一进萨德城堡，就能看到一个大大的院子，三堵石墙，围成一个"∏"形的原生态舞台；观众席则是一排排的石条凳，能坐下五百观众。台上台下皆露天。——别问下雨咋办，这可是普罗旺斯！

每年夏天，他都在堡里办拉科斯特文化节。像张曼玉一样风情万种的女村长路什（Patricia Louche）开心地告诉我们，文化节期间，来到村里的艺

萨德城堡的雕像。皮尔·卡丹2001年买下城堡，改建成拉科斯特大剧院，每年7、8月举办文化节。

术家有好几百呢，人数等同于拉科斯特村居民数。

十年来，跟卡丹合作过的艺术家已过千，他们来自世界各地，其中包括咱中国的舞蹈艺术团。他很满意地说：很多年轻的艺术家通过文化节展现了独一无二的才华。

卡丹很细心，提前叮嘱秘书给我们准备了一份今年的节目单。我们看到，文化节从7月14日法国国庆日开始，到8月6日结束。有独唱、独奏音乐会，也有喜剧、歌剧专场，还有芭蕾舞表演。票价从30到80欧元不等。

这十年，卡丹基本上每周末都到这个村来，老爷子可不是来度假的，他修葺城堡，筹办文化节，忙得不亦乐乎。

很多游客来拉科斯特村，就图能一睹卡丹大帝龙颜，不过他们未必能如愿。为什么不找我指点一下迷津呢？一，双休日，大帝才从巴黎下乡；二，就餐时间，大帝会出现在皮尔·卡丹餐厅。

也有村民不喜欢这条经济大鳄。路什村长跟我们解释说：卡丹先生的到来，完全打破了拉科斯特村原有的"慢四"节奏，很多人更喜欢像以前那样的生活。

原来的生活？皮尔·卡丹嗤之以鼻：没有下水道，夜晚没有电，什么都没有，这个村几十年来什么都没改变过。

人生主题：为时尚而工作

卡丹大帝的秘书小声地告诉我们，这是卡丹大帝生平第一次接受中国女记者的采访，也是他第一次在拉科斯斯特村接受远东媒体访问。

采访就在城堡花园里进行。皮尔·卡丹回城堡换衣服，五分钟后，他很"皮尔·卡丹"地出来了。

——卡丹先生，您的每一天是怎样度过的呢？

——在巴黎，我每天起得很早，首先我要从秘书那里获悉当天的日程，接下来和设计师一起设计新产品。下午我用来应付面谈，接待来自世界各地的代理商、艺术家，也接待像你们这样的传媒。我就餐时仍有很多事要做，有时候我甚至来不及吃上一片面包。晚上我会被邀请观看音乐会、话剧演出。

——听说您每天要工作18小时？

——是的，有时候要超过18小时。我14岁开始工作，今年88岁了，我一直在工作，我从来没有休息过。

——您感到累吗？

——我从不觉得自己累。假如你认为自己累了，你会感觉更累。

照亮城堡岁月（摄于萨德城堡内）

——您怎样放松自己呢?

——我什么都不做，只是干工作。我从来不碰足球、游泳和滑雪等等一切运动，这些不会让我感到开心与满足。我认为工作本身就是一种运动，一种最好的运动。我从不娱乐，从不泡夜店，这很无聊。生命对我来说只有一次。

——您觉得什么能给您带来幸福?

——我的乐趣就是工作，不工作我就失去了活着的意义。我一旦开始做某件事情，就一定会做到底，而且要把他做到最好、最完美。我不是那种万金油的人，事实证明，我每一样都干得很出色。

——很多人认为"工作是地狱，休闲是天堂"……

——如果你没有把工作看成是幸福的，那么你的生活就会充满苦恼。

——现在不少人喊出"45岁的时候就退休"这个口号，对此您有什么评价?

——有些人有钱以后，就会去打高尔夫球、玩桥牌和买跑车，他们生活的注意力转移到享乐上面。但对我来说，我一生最感兴趣的是工作，我希望我的事业能涉及更广泛的领域。

——听说您连顾问团都没有……

——我实在不愿意浪费时间和金钱在毫无意义的中间人身上，我从不需要指导，不需要别人开各种各样的会议去帮我做什么决定。每件事情我都要过问，亲自设计、亲自管理、亲自完成。你们是从巴黎来的吗?你们看了我的时装表演了吗?就在上周末。

——很可惜没有看到，到处都在罢工。哦对了，您对罢工有什么看法?

——我是一个建设者，我喜欢建设。我不想谈论这个问题。

——好的。法国是美食王国，您是不是一个美食家?

——我吃得非常简单，几十年来，只有我姐姐一个人在照顾我的私生活。

——刚才听您的秘书说，您往下一周都要外出?

——明天一大早，我要飞到纽约出席一个时尚盛典，之后飞到东京参加一个服装研讨会。

——冒昧问一下，您有没有退休计划?

——为什么全世界都在问这个问题?我为时尚而工作，我的工作非常有趣，我的生活非常独特，活了这么多年，我仍然保持着年轻的心态。活着就是一种幸福。

活着就是一种幸福

当听到"活着就是一种幸福"时，我浑身一震。

人生七十古来稀，一个近九十的风云老者说出这句话，谁听了能不震动呢？

让我们继续聆听耄耋尊者的掏心话：

我清楚地知道，活到今天，我随时有可能去的地方只有一个，就是那个地下六英尺的地方，但我不会像其他人一样坐以待毙，我很忙，根本没时间坐着去怨天怨地，我热爱我的生活，并且庆幸自己在88岁的时候身体还算好，思维还算清醒，还有体力飞往世界各地，经营着自己的生意。

他缓缓地说：赚钱是很难的……

——天下无人不知，卡丹先生很会赚钱，比如经过20年的商谈，他买下了佛罗伦萨附近因曾在达·芬奇画中出现而大名鼎鼎的一眼泉水，从此每月出产100万瓶"冒泡泡的矿泉水"，贴上"马克西姆"商标后天价出售。据称卡丹帝国每年的总营业额为60亿欧元，太有财了！

他接着说下去：

金钱可以让人变得自由，可以帮助人获得幸福。我用我的金钱买下能让我开心的任何事物。我的金钱是用来创造一些东西，而不是像银行家那样一味地让它滋生更多的金钱。

卡丹先生酷爱"攻城略地"。他跟我们解释道："有人爱好收藏车子，有人爱好收藏画作，我的爱好就是收藏房子。"

十年前他到了拉科斯特村之后，不停有人向他推销房子。这里的房屋大都已残旧不堪，不少房子甚至没有屋顶，孩童们兴奋兼惶恐地在危房里捉迷藏。

收藏房子，探索其起源，修葺之，这让他幸福感盎然。也有一座城堡他没有翻新，因为他喜欢看着它原来的样子，下雨的时候，可以听到滴滴嗒嗒的声音。

他迟缓地冲我们晃了晃手上的一大串钥匙——就像国内80年代县城旅社阿姨手中拿的那种——说他可以打开拉科斯特村一半的门。

到现在为止，他已买下村里42套房子。听说在收购时，他从不还价，很多村民因此发了财。

他说直到现在，村里还不停有人跑来问他：要不要房子？要，为什么不要呢？只要他买得起。——他买不起的房子实在太少，于是乎他的产业越来越臃肿。

萨德城堡，已从地理变成了历史。耄耋尊者
正在轻扣岁月之墙。（摄于城堡内）

　　皮尔·卡丹到来后，前来村里定居的外国人（特别是美国人）越来越多，包括《莎翁情史》的剧作者。越来越多的村民抱怨村里的房子越来越贵，贵到都住不起了。

　　我小心翼翼地问：您觉得这里所有人都喜欢您吗？

　　一激动起来就爱说法语（幸好不是意大利语）的卡丹答道："这个我不确定。你知道的，社会上总有嫉妒的人。就像在学校里，你考了第二名，就会想要当第一名，在生活中也一样，在政界、在商界、在时尚界，在哪里都是这样的。反过来，以前中国贫穷苦难，有些国家就会很开心。对这个村子，我做的，仅仅是给予。"

　　女村长路什跟我们说，卡丹先生花了3000万欧元来修整村里的房子，为60个村民提供了工作机会，比如他的管家就开起了宝马，定期去国外度假。

拉科斯特村很像中国丽江。普罗旺斯与云南纬度相当，要是没有了那些石窑，小村是不是挺眼熟的？

没有披上婚纱的爱情

当问及人生中最难忘的事情是什么时，卡丹脱口而出：爱与被爱，那是灵魂的轴心。

我们从他的老朋友、伊夫村长那里，知道了"卡翁情史"。

卡丹先生"不怎么热爱女人"。但是，这种情况在他碰到小他6岁的让娜（Jeanne Moreau）之后发生了逆转。

1945年底，巴黎年度时装盛宴，刚露峥嵘的设计师，与星光乍泄的明星四目交接，电闪雷鸣，心雨霏霏。从此他们相依了大半辈子。

有一次他外出参加一个文化节，她设法悄悄住到隔壁。夜深人静，他正想给她拨个电话，侍者忽然送来一个礼盒，打开一看是把钥匙，他迟疑片刻，慢慢地打开了房门后，忽然有人踮起脚跟以吻封缄……

　　不走寻常路的他终身不婚。她终究没能穿上他为她设计的婚纱。

　　她的戏装都是他设计的。他放出话来：只为她出演的电影设计服装。

　　她佳作迭出，《情人》（梁家辉演男一号的那部。她饰演老年杜拉斯，低沉婉转的旁白感人肺腑）等作品让她蜚声国际。每次上台领奖，她总要迟到一点点，说："哦对不起，我刚才在后台遇见皮尔·卡丹先生了，我感谢他为我设计了这么漂亮的衣服。"

　　2001年，春暖巴黎，法国当代最有才华的女演员让娜当选首位法兰西艺术学院女院士。在庆典上，她穿上他为她花了一个月时间亲手绣制的院士服。早八年就作为唯一的服装设计师当选院士的他搀扶着——哦不，两个八旬老人互相搀扶着走上台阶，银发下系着的领巾那么红那么艳，他们是那么的美丽，全场掌声经久不息，很多人的眼泪涌了出来。

　　这一天，仿佛是他们的盛大婚礼，一场属于自由和艺术的婚礼！

伊夫村长说，幸福就是一瓶美酒，问题在于
要找到好的开瓶器。（摄于梅纳村委大门）

PROVENCE

伊夫·为村民开启幸福这瓶酒

Yves Rousset-Rouard: Open A Bottle Of Happiness For The Villagers

　　伊夫（Yves ROUSSET-ROUARD），采访对象中唯一从政的，拥有长袖善舞的气质。

　　1940年生于普罗旺斯马赛（Marseille），肖龙。

　　28岁，创办Trinacra电影公司；37岁，成为法国电影制片人协会会长；50岁，开启酿酒事业；53岁，任普罗旺斯沃克吕兹省议员；55岁，竞选梅纳村长成功，至今已连任3届16年。

　　继彼得·梅尔之后，进一步扩大了梅纳村的国际影响力。

伊夫：为村民开启幸福这瓶酒

Yves Rousset-Rouard: Open A Bottle Of Happiness
For The Villagers

不打不相识。

我们在梅纳村游游荡荡，行行摄摄。走到村头，看到了那座古堡身上花绽新红，更让我们亲切的是，门口居然把守着一对石狮子！

正当我们欣欣然往里头闯时，一个鹤发童颜、唇红齿白的"狮子"出来抗议，说这是私人领地。

我们悻悻地放下了肩上的机子，"狮子"眼尖，看到了我们的摄像机，转而和气地问：你们是搞电视的？

对答如流：当然！我们是从中国GDP排名第一的省份来的，来这里寻找幸福。

"狮子"笑容满脸地张开双臂：那为什么还不进来喝两杯呢？

就这样，中法民间合演了一出"坐、请坐、请上坐"的外交好戏。

电影大亨的政治家生涯

"狮子"是梅纳村的村长伊夫。

他跟我们大谈堪舆，说伟大的诺查丹玛斯（Marquis de Sade）鉴定过，"梅纳好比大海中的一艘船"，而他们家的城堡，正在这艘船的船头位置，也就是说，住这堡里的注定当舵手。 说到这里的时候，他得意洋洋。

交谈越深，我们越发不敢拿村长不当官。

这个村长实在不简单。

他生下来时，爸爸正在很远的地方，两个姐姐打电话报喜说生了个弟弟，他爸可不相信，因为那一天刚好是4月1号。伊夫回忆起七十年前的这一幕时一脸温馨。

他年轻时唱着《马赛曲》向巴黎出发，刚开始找不到工作，饿到扶墙走。

不过到了28岁，他就开了自己的电影公司；再过十年，他当上了法国电影制片人协会会长。

他70年代像王晶一样，拍过很艺术很唯美的"情爱动作片"。考虑到东方来客的含蓄传统，他不好意思把成人代表作《艾曼妞》送给我们，而是送了一部1982年拍的"儿童片"，您猜猜叫啥来着？——《圣诞老人是狗屎》，嘿嘿！

80年代末，伊夫有意投资酿酒业，遂有朋友邀请他来梅纳村看看。这个村之前没有酿酒商，他的到来开了先河。

是时，梅纳村正值彼得·梅尔（Peter Mayle）时代。

作家梅尔是1985年来的。这个时期，村委由一帮农民、几个技工管理，无为而治。伊夫批评说：他们满足于原状，从没想过去做点什么。

村子的原生态风貌，我们已在梅尔畅销书《普罗旺斯的一年》中领略到。

伊夫说："每个人都有让自己变得更幸福这样的梦，我还有一个梦想，就是能帮助别人变得更幸福。有一天我突然发现，要是成为这个村的领导人，就能实现我的第二个梦。"

不过，这个梦可不好圆，梅纳村的历任村长都是本地人。

不是猛龙不过江，他开始组建参选团队，刚开始阻力不小，很多土著都不愿意和外方人合作。9个月后，"伊之队"竞选成功。

他是惊险"半目"胜出，仅获得六成的选票，刚刚及格。

这一年是1995年，梅纳村从此拐入"伊夫时代"。

正当伊夫磨刀霍霍要大干一场时，梅尔把古宅卖给一个印度来客，离开梅纳村，回美国去了。

——笔者以为，梅尔这么干，首先是他名声太盛，不堪被游客骚扰；其次，推崇慢生活的他一定嗅到了，伊夫，这个大巴黎来的酿酒商，一定会让这个小山村天翻地覆慷慨而慷。

一村之长的"新农村"建设

伊夫卧室的门楣上，嵌着一个骷髅头。（他太太对此意见大得不行）他每天早上出门前，都会抬头看看这个"不祥之物"，提醒自己：得把今天当作自己人生最后一天去过。

抱着这种信念的人，要么向右走，醉生梦死；要么向左走，建功立业。

向左走的伊夫村长，花费15年，酿了一壶浓烈的变革酒。系列民生工程，造福梅纳村民：

——修建学校新食堂。

——清洁水源。建立工厂，专门净化生活用水。

——兴建电影院。他把巴黎家中设备搬过来，播放新上映的电影，一周一次。

——兴建图书馆。

——兴建起了集市，主要是卖蜂蜜。不过现在不做了，因为别的村子也跟风销起了蜜糖。

——修葺危房。有的房屋都高龄好几百岁了，唯一的教学楼也已摇摇欲坠。

——成立村足球俱乐部。村内、村际定期踢球，强身健体的同时，沟通感情。

——拟建一个医疗中心。村里没有固定的医疗点，村民看病得去到很远

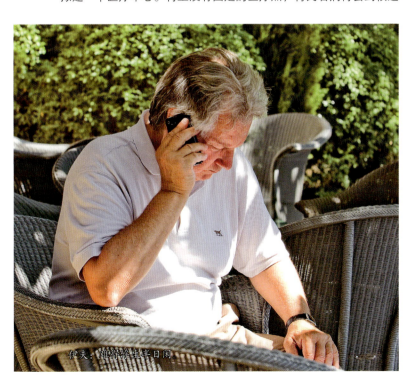

伊夫：难得浮生半日闲

的地方。

　　——买路、修路。村里的街道属于区政府，但区政府对路况不闻不问。村委得先掏钱买下，在路下方埋好排水管、电线、电话线，然后再铺路。

　　——给村里的道路取名。几千年来，它们默默无名，而现在呢，所有的道路都"名"正言顺了。

　　——建立地中海地区石头博物馆。像开瓶器博物馆那样，为梅纳村再造一个人文景点。

　　当然，也有些举措，村民们不太理解：

　　——推广旅游业。他开发了法国第一个政府经营的黑松露种植基地，并同步推出"松露之旅"， 游客可以追随松露猎人、猎犬，去村里的橡木林探寻这种贵比黄金的菌类。

　　伊夫强调说，如果游客只是匆匆走过路过，是不能给村里带来任何收益的。所以，要力争让游客呆久一点。

跳望伊夫酒窖在外看：梅纳如此多娇！

——计划把未来的医疗中心的一、二层作公寓房，租、售给游客和想来普罗旺斯定居的人，增加村政府的财政收入。

……

在采访中我们发现，凡是直接造福村内的民生举措，会得到普遍拥戴；而那些敞开村门待客的中长期发展战略，推行起来难度很大。

伊夫自豪地说："我以60%的选票获胜，也就是说40%的人并没有投票支持我。但我当村长后，就要为100%的村民服务。这么多年下来，人们一致认为，让我当村长是明智之举。在大城市，这样的舆论观点要通过报纸、电台、电视台宣传，但在小村庄里，人们只是口口相传。"

我们几名中国记者最后提出一个政治家的"普世难题"：您觉得当村长最难的是什么？

村长有备而答：

我手机的桌面是一个地球仪，也就是说，这个美丽的蓝色星球我每天都能看见上百次，这是我们共同的家，可是为什么一直都无法和睦相处呢？大到政府，小到村镇，最重要、最艰难的任务，就是营造人与人之间的融洽关系，而这是极其艰难的。我当村长以来，我工作的很大一块，是拿来处理村民之间的各种摩擦。我们不能去选择做喜欢或不喜欢的事，只能选择把事做好，还是把事情做坏。

打造"名片"

这个古老山寨可以说是彼得·梅尔激活的。就在雄心勃勃的新村长上任之际，梅尔轻轻地走了，不带走一片云彩。

交际广泛、长袖善舞，曾是法国电影大亨的伊夫，自然深谙名人效应。

名人梅尔走了，没关系，村里另有一个更大牌、更传奇的

2002年7月10日，伊夫（左）向彼得·梅尔颁发法国荣誉军团骑士勋章。（伊夫提供图片）

人永远不会走。

这个人，就是美丽倾城的朵拉（Dora Maar），超现实主义摄影家；更拉风的身份是：毕加索的情人。在梅纳呆了一年后，老毕跟一个小他40岁的画家私奔了，朵拉留在村里哭损残年。

朵拉1997年辞世后，一个慷慨的美国女子买下她的故居，开辟为"艺术家之家"，无偿接待世界各国艺术家前来创作。伊夫主笔的宣传单上这么写：除了美味的松露，梅纳还提供澄澈的月光，以及缕缕不绝的灵感。

伊夫笑容可掬：这实在太好了，无论是对艺术家们，还是对梅纳村来说，都实在太好了！你们刚才问我这个村几千年来光顾过哪些名人，如果过五年十年后你们再发问，答案就会非常之丰富！

矢志要让梅纳成为"名流村"的村长，每个月都会抽时间去朵拉故居，亲切问候那些来自五湖四海的艺术家。

村长在我们的前呼后拥下驾到目的地。一个瑞士来的大胡子画家很满意地告诉我们，他在一个月里完成了一年的作品，因为在这里，在这一截时间，他没有其他杂事分心，可以专心画画。他准备拿这批作品，年底去纽约开个展。

他的邻居是一个以色列来的女漫画家，不过一大早就出去

这个村，伊夫已执政16年。（摄于梅纳村）

了。

对"过客"彼得·梅尔，村长也关怀备至。2002年，他亲手把法国荣誉军团骑士勋章授予这个美国来的英国人。——而此时梅尔已定居离梅纳不远的卢尔马兰村。

村长热情地即席致颁奖词：梅尔的书在全球范围内都很成功。梅尔对普罗旺斯、吕贝龙、梅纳所做的贡献，就像德库拉（Dracula，吸血鬼始祖）让世人认识了特兰西瓦尼亚（Transylvania，吸血鬼发源地）一样。

伊夫的比喻口味好重啊，听得我乐不可支。

他苦心孤诣的经营收效良好。好几本欧洲旅游书谈及普罗旺斯名流时，只提到三个人的名字——

皮尔·卡丹，彼得·梅尔，伊夫。

幸福的开瓶器

伊夫说，幸福就是一瓶美酒，问题在于要找到好的开瓶器。

您找到"好的开瓶器"了吗？要是还没有，那就跟我到村头的开瓶器博物馆来找找灵感吧！

开瓶器博物馆是伊夫办的，这个建在酒窖之上的私人博

天蓝，池蓝，室内别有洞天。伏夫申明，这徽庄黄兽叫长简买的。

物馆，早已成为梅纳村的招牌景点。

这里展出他收集的逾千种开瓶器，来自全世界，来自所有年代。

它们随时待命，准备投入主人迎宾的盛筵。

它们开启了我的惊讶：开瓶器竟然可以和这么多"它"嫁接：

跟动嘴有关的是：刀叉、汤匙、打火机、烟盒、雪茄剪、烟斗刮……

跟动手有关的是：匕首、手枪（这两款如果拿来撬中国白酒的话更耐人寻味）、领带夹、拐杖、螺丝刀、剃须刀（难道要拿一杯粉红酒来代替剃须膏吗？）……

还有一些造型让人看了面红耳赤，呵呵，它们让我想起馆主风华正茂时代拍过的那些"情爱动作片"了。

葡萄酒瓶的马其诺防线也太软弱了嘛，什么玩意儿都可以摧毁它的橡木工事！——我嗅到了"摘叶伤人"的甚深境界。

伊夫本人是十分成功的制瓶商，他当村长后还邀请了很多制酒商前来合作。现在，梅纳村的粉红酒已在这一带叫响。

他把旧建筑改建成酒窖。端着一杯粉红酒的他微笑着说："建筑上并没有刻上我的名字，过五十年后没有人知道是我做了这件事，但我很有成就感，因为这个建筑一直都会在这里，它不会消失。"

前天接受采访的明星女作家卡萝儿也发表过类似观点："我们在这里种植橄榄树，将来有一天，人们来到这里，他们或许对我一无所知，但我能够对他们有所给予。"

我欣赏地看着这个风流倜傥的法兰西男人，觉得他和爱尔兰女子卡萝儿是同类——

他当过制片人、酿酒商、村长；她当过演员、庄园主、作家。

人生三级跳，每一段岁月都要闪亮！

幸福的开瓶器。（摄于梅纳村开瓶器博物馆）

电气工程师让对摆弄模型兴致盎然。

PROVENCE

让：幸福在当下

Jean Liebvand: Be Happy In The Present

Jean Lhébrard

让·雷波哈（Jean Lhébrard），采访对象中最能让我们感受到家的欢乐的一位。

出生于巴黎，25岁时去摩纳哥公国当电气工程师，直至退休。

之后举家迁到普罗旺斯拉菊合壁村（La Turbie），至今已逾18年。

已跟恩爱的犹太人老伴牵手走过57年。

育有两女，推崇N世同堂的大家庭生活。

让：幸福在当下
Jean Lhébrard: Be Happy In The Present

从明天起做个幸福的人
喂马劈柴周游世界
从明天起关心粮食和蔬菜
我有一所房子
面朝大海春暖花开
…………

二十多年前，初春的山海关，寒风凛冽。

火车呼啸而过。没有人明白，海子，这个不久前还在用自己的诗歌描绘幸福的浪漫诗人，为什么用这样痛彻心扉的决裂姿态，与这个世界残酷地告别？

逝者已去。"面朝大海，春暖花开"的真情吟唱，莫非是这个忧郁的诗人和我们开的一个玩笑？抑或是一个永远难以实现的梦想？

清晨，迎着地中海的朝霞，环绕摩纳哥国土的边缘，在环山傍海的盘山公路上，汽车蜿蜒穿行。

沿途风景如画，环山公路左边，葱茏翠绿的花草树木，一路伴我们盘旋；俯瞰右边，是空阔无边的地中海。天高云淡，铺满阳光的湛蓝海面上，几艘白色帆船和游艇，如璀璨的珍珠，在一望无际的海面上闪耀；随着山路的不断上升，渐渐模糊远去。

清晨，山间空气清香袭人，润凉的海风轻柔吹拂，大家神清气爽，轻松愉快！舟车劳碌奔波四处，几乎是我们此行每一次采访的主要感受，唯一只有这次是例外，毕竟是到达梦想家园的路！

我能够吟唱这首诗，把海子的梦想告诉让·雷波哈和他亲爱的妻子吗？

我希望能。

面朝大海，春暖花开

退休的资深电气工程师让·雷波哈，居住在一个名叫拉菊合壁小山村里。小村庄深藏于崇山峻岭中。这组依偎在地中海边的山峰，高耸绵延在数千里的海岸线上，属于雄伟的阿尔卑斯山脉的一部分，是摩纳哥公国的领土。

摩纳哥，这个坐落在地中海边上的独立小公国，拥有世界最大的赌场，最古老的城堡和最大、最古老的海洋馆。因为没有个人所得税，这里吸引了数量可观的富裕避税移民。富庶无比的奢华和美丽逼人的海岸风光，有足够的理由让它成为世界豪门巨贾和旅游者公认的天堂。

在这个世人艳羡的富庶天堂里，让·雷波哈老人和家人工作生活了20多年。18年前退休时，和大多数法国老人一样，他选择离开生活成本非常高昂的摩纳哥城，进入地中海边、阿尔卑斯山上的一个依山靠海的小山村里。在那里，老人自己设计、建造了一栋拥有私家泳池规模较大的别墅，和老伴颐养天年。

背靠阿尔卑斯山的崇山峻岭，眺望一望无涯的地中海，追寻海子"面朝大海，春暖花开"的梦想家园，就是我们此行的目的地。

盘山公路虽然并不陡峭，但是弯道众多，七弯八拐，兜兜转转一个多小时，车子停在一个路口。我们以为终于到达目的地，纷纷起身准备下车。不料，导游兼司机的王老师示意我们先别动。原来，从车子前端看出去，一段几乎竖立的陡峭山坡赫然眼前，接近100米长。梦想家园竟然建在百米高山坡的上面！

我们惴惴不安地望着年近60岁的王老师。他似乎也有些信心不足，下车观察了一下地势。车厢里气氛顿时紧张起来，一个个屏住呼吸，目不转睛盯着老先生。只见他深吸一大口气，突然加大油门，车子立刻发出一声吼叫，吓得我们赶紧闭上眼睛！

终于，车子停下来，我们长吁一口气，睁开眼睛，一栋典型的法国乡村别墅出现，让·雷波哈和他的太太、在家休假的大女儿菲德黑柯（Fredefique Lebrard）已经满脸微笑在门口迎接等候。

一个典型的欧洲老年男人，高大健壮，声音洪亮。老人穿着一件淡蓝色的T恤，牛仔裤，步履稳健，看上去顶多60出头的样子，满脸和蔼的笑容，精神头十足。

第一次见到我们这么多来自中国的男女记者，一家人的热情和惊喜跃然脸上，照例与我们逐一行贴面礼。这种对于害羞的中国人来说有点不太习惯的见面礼节，却实实在在地温暖感染了我们的心，大家一下子亲近起来。

连楼梯都摆着各色的书，方便主人随时、随地阅读。（摄于让家中）

　　庭院、花园、游泳池和一栋两层的楼房，梦想家园的结构和法国普通乡村别墅的区别不大，但令人叫绝的是它奇特的地理位置。整个别墅建立在陡峭山坡上，一块面积不小的平地，远远看去，似乎是镶嵌在几乎直立的山壁上！

　　我们站在别墅的前庭院俯瞰前方，感觉好似站立在悬崖峭壁上，视野极其开阔。环顾四周，刚刚经过的山路就笔直在脚下延伸，山下的景色一览无余。

　　实在佩服法国人的浪漫艺术家气质！惊世骇俗的奇思妙想，无处不现：在如此险境奇特的地势修建别墅，这样超乎想象、奇特大胆的创意和实践，非他们莫属。

　　别墅的客厅同样让我们震撼：简直一个大大的艺术品展示厅！高贵、优雅和精致，洋溢着浓郁的艺术气息和淡淡的欧洲田园风情。

　　客厅面积大概有近百平方，分为会客、艺术和书房、休闲等几个区域。质地精良的天然柚木地板，古朴的原木书架；考究的布艺沙发，华丽的欧式地毯；螺旋状的实木楼梯，配以古典雕花的铁艺栏杆；特别是厅里每个角落，摆放着形态各异的工艺品，错落有致；在房间每一处稍作停留，都会有惊喜……

　　满屋的书，随意地摆在客厅的任何地方，连楼梯的走道上都摆满了各色的书；有些书都是翻开的，画有一些笔记……满眼的书，随处、无所不在的阅读！四面墙壁上风格各异的画作，窗台下的看似年岁古老的黑色钢琴，屋顶上悬挂的逼真传神木质飞机模型等等，无不显示这是一个非常典型的法国知识分子的家庭。

　　一幅中国传统的丝绸刺绣画，一组清代的青花瓶和唐三彩瓷器，让我们惊喜万分。让·雷波哈说，他们一家没有去过中国，却非常仰慕和喜爱古老的东方文化，特别喜爱中国特色的工艺品。他热情地向我们介绍他的这些中国宝贝的来历，渲染和我们的渊源……彼此间的距离越来越近。尽管2008年奥运火炬的传递在巴黎受阻，给两国的关系蒙上了阴影。但是，此时此刻，在让·雷波哈的客厅，我深切感受到普通法国人对于中华民族的友好和喜爱。

　　伫立在让·雷波哈家的花园里，我们终于"面朝大海，春暖花开"了！

　　花园呈不太规则的长方形，前面向着地中海开放，两面背靠阿尔卑斯山，一边连着别墅房屋。花园面积不算太大，种满了各种花草、树木和蔬菜，红花绿叶开得特别灿烂；连着别墅的部分建有一个白色屋顶的凉亭，摆着质地古朴的木质餐桌靠椅，应该是他们进餐和休息的地方。由于地势高险，花园视野极其开阔。让·雷波哈开玩笑说，他每天早上坐在凉亭里喝咖啡时，都可以看到下面摩纳哥国王大公先生在洗漱呢……

　　伫立园边，数不尽的绚烂美景尽收眼底：淡蓝色的夏日天穹，高远明净，毫无瑕疵；海边的摩纳哥小城，白屋红顶绿树，犹如镶嵌在湛蓝海面的童话花园；花园里环绕身边的红白绚烂的鲜花，身后山间挺拔昂扬的绿树，衬托海天一色的蔚蓝海岸，犹如人间仙境！身心被清新自然包裹，被喜悦纯净浸泡，异样宁静美好！此刻，我只愿独自，一人背对尘世，静看花开花落。

让家的花园。让开玩笑说，他每天早上坐在凉亭里喝咖啡时
能看到山下的摩纳哥大公在洗漱呢。

坐在凉亭的白色木椅上，海风徐徐吹过，我们的谈话清新愉快。

休闲的老爷子

让·雷波哈和太太基本不会英语，好在他女儿懂一些，虽然大家不能尽情沟通，但是这样有点朦胧猜测特点的采访，却也给我们的交流带来许多意想不到的轻松和快乐。

谈话开始的时候，女儿就拿出了一本字典，看来他们早就准备好了，大家不约而同地笑了起来，下来的场景就非常轻松好玩，经常就变成我们问的时候，老人总是满脸求救似的转向女儿，带着一些羞涩的笑容，一边含含糊糊回答，一边局促不安，望着女儿，巴望她能翻译过去，非常可爱；女儿也偶尔故意和他搞怪，或者自己也实在翻译不来，一起查字典求证。经常为了一个词用英语如何表达，父女颠来倒去地商量，然后看看旁边的妈妈，互相眨眼睛，一起笑开了……

断断续续的语言和手势，交谈当然从家庭开始。看得出来，老人十分乐意介绍他的家人。

18岁开始，两个女儿就去巴黎读书，如今她们早已成家立业，一个在巴黎，一个在摩纳哥。欧洲的孩子非常独立，女儿都是自己解决孩子的抚养教育成长等问题，但是这并不减弱她们和父母之间的情感和交流。多年来，两个女儿家庭和他们相处非常温馨，节假日她们会带着老公和孩子们，回来陪伴父母；孙辈们假期的时候，爷爷姥姥的家就成为他们度假胜地。

聊到这儿，大女儿菲德黑柯调皮地冲我们眨眨眼睛，老夫妇得意地摊开手，一脸慈祥。

谈起闲暇的生活，让·雷波哈和太太都笑起来，先是互相商量了一下，好像是交流如何回答我们，期间估计还因为某个话题，两人还大笑起来，互相推诿由谁来做主回答……

我们几个年轻人真是被这对老夫妻的默契感染，他们的一举一动，无时不触动我们内心的柔软。记得那天采访结束，回到宾馆后，老少姐们都不顾国际长途的昂贵，不约而同分别给老公、儿子或者男女朋友都打了很长时间的电话。

和大多数的老人一样，让·雷波哈夫妇的日常生活简单舒适。早上随着太阳起来，先伺候满园的植物花草，然后吃完早餐，太太开始收拾打扫庭院，让·雷波哈就开始了他上午的读书活动。

阅读是让·雷波哈休闲时间一项很重要的工作，占据了他每天大部分独处的时间。大女儿是在巴黎的一家书店工作的，这样在买书和收集书方面给他提供了很多的便利，由此，作为电气工程师的他，退休后非常重要的一项内容就是博览群书，社会的、人文的、科学的等等，都非常喜欢。家里没有客人来访的时候，他大部分时间在阅读，或者琢磨飞机模型；傍晚时会去泳池休闲，这时他美丽的太太会弹一会钢琴，或者准备晚餐……

假期的外出旅游是他生活中很重要的内容，夏天，他会带着妻子出海钓鱼，冬天，会去阿尔卑斯山滑雪。让·雷波哈年轻的时候非常喜欢登山，曾经在18岁的时候征服了这个欧洲最高峰。

小女儿经济条件非常好，自己建了好几处别墅，在阿尔卑斯山勃朗峰（欧洲最高峰）的一个滑雪胜地也有一个，经常邀请喜欢运动的父母去那边滑雪。

让·雷波哈还参加了一个由退休科技人员组成的一个活动组织，这个组织经常探讨有关科技方面的问题，组织开展各种科技活动，他是其中的主力。说话间，老人还自豪地告诉我们，参加这个组织可是不容易，要有博士学位呢。

女儿和太太都说，他退休后忙得很，自己的、家庭的、邻里的，活动非常多，很充实的日子；80多岁的老人，依然自己开车外出，采购用品，旅游外出，健康快乐。

回想我们刚才来让·雷波哈家一路上的攀山越岭，飞车盘旋，特别是征服门口那个陡峭山坡的惊险，大家不得不佩服这个法国老人的健康体魄和超常勇气。

谈话间，王老师告诉我们，他们明天就要去小女儿的别墅度假，登山滑雪了。这对80多岁的老人如此丰富的生活内容，令我们几个不禁唏嘘。

"从明天起，关心粮食和蔬菜，喂马劈柴周游世界"，永远保持健康快乐的生活态度，追求愉悦的情趣，尘世的幸福生活，就这么简单。

瞧这一家子

当我们询问那个稍显幼稚愚蠢的问题"幸福是什么"时，他们三个都开怀地笑，特别是女儿，一双幽蓝的大眼睛轮番望着父母，然后对着爸爸，脱口而出："爸爸你最大的幸福就是遇见了我妈妈！第二个幸福就是我们两个美丽可爱的女儿！"妈妈顿时开心微笑，让·雷波哈老爷子则在一边频频点头称是……

我们又一次被感染。说真的，在和让老人一家相处的这两个小时里，我们始终被这些不断出现的温馨画面感动着……女儿说得对，美满的婚姻和家庭，的确是成就让·雷波哈老人幸福人生的最重要因素。

这是一对度过了57年婚姻生活的夫妻，至今非常恩爱，前几年他们还举行了盛大的金婚庆祝仪式。问起他们的爱情故事，老人微笑起来，满脸洋溢幸福温馨，还有一点可爱的小羞涩。

让非常仰慕东方文化，家里藏着很多中国宝贝。

让太太是德国籍的犹太人，出生在法属殖民地阿尔及利亚。50多年前，南法的阳光吸引了年轻姑娘的心。提着两个行李箱，青春逼人的她告别家庭，一路追寻湛蓝的天空，和煦的阳光，来到风景如画的普罗旺斯。

就像大多数法国人一样，他们的爱情非常符合法式的浪漫模式：载满南法阳光的疾驰火车上，两个年轻人一见钟情，触电了，爱上了，共同携手走过了将近60年的时光。

18年前，他们一直生活在摩纳哥，两个漂亮女儿也相继出生，健康成长。年轻的时候，让·雷波哈一人承担全家生计，虽然工作繁重，事业有成，却一直喜欢做我们国人常说的"住家男人"：爱老婆、爱孩子，工作日一下班就赶紧回家，享受烛光晚餐；节假日也一定是带家人游玩度假。说到这，80多岁的让老人还开玩笑说，家里有这么多的美女，太诱惑人啦！说得大家呵呵大笑！

让·雷波哈有着欧洲男人令人羡慕的诸多生活情趣，特别热衷出海冲浪、捕鱼。他自己买了一条渔船，工作之余，他经常开着车，带上家人，去到海边，换上短裤，一家出海去钓鱼。他向我们描述了30多年前某一天，一个非常温馨的场景：

阳光明媚的下午，一家四口出海钓鱼游玩。岸边，男人聚精会神地钓鱼，期间不时地把战利品送到船上；船板上，贤惠的太太洗洗刷刷，精心准备丰盛的晚餐；船舱里，贪睡的大女儿在美美地午睡；海里，活泼的小女儿像金鱼一样欢快地戏水……

一会，饭熟了，香味飘荡在旷阔的海面，男人闻到，提着装满战利品的鱼桶，乐呵呵地回来享受晚餐；睡得香甜的女儿被诱人的香味催醒，揉着眼睛；在游泳的女儿闻到香味，快速地游回来；一家四口聚在甲板上，享受海风吹拂的法国海上大餐……

两个女儿成家后，相隔遥远，依然是老夫妇心头最大的牵挂。多年来，节假日她们会带着老公和孩子们，回来陪伴父母；寒暑假，享受爷爷姥姥准备的丰盛美食，"面朝大海"的家就成为孩子们的度假胜地，祖孙三代，其乐融融。

"从明天起，和每一个亲人通信，告诉他们我的幸福"，尘世的脉脉温情，就在我们身边。

天伦之乐

让·雷波哈说，在他80多年的人生经历中，最让他感受到快乐的是他的大家族，众多的亲朋好友和邻居。温馨家庭、温暖的情感，一直是他们生活的主旋律。

富有深厚同情心的两位老人，热心快肠，多年来，一直热心帮助身边的朋友和亲人，无微不至，尽心尽力团结大家族的每一分子，共担困难，分享幸福。

老人一直强调，希望身边所有的亲朋好友都顺顺利利，帮助他们获得富足快乐的生活，这是他的重要工作，是他的精神支柱之一，也是他获得幸福快乐的重要因素。我们一直认为西方社会人情淡漠，可是面对眼前的两位慈祥的老人，千金难买"共担困难，分享幸福"的情操，无比敬重是我们此刻最大的感动。

善良、热情、开朗的让·雷波哈夫妇，还非常喜欢大家庭的热闹氛围，享受大家族聚会带来的愉悦欢乐。从年轻时候开始，他和太太就重视社交，经常邀请亲戚朋友来家里聚餐和游玩。让·雷波哈的家几乎就是他们这个大家族所有亲人的聚会点和中心。每个节假日，他都会邀请亲朋好友来他别墅，享受阳光和海滩，当然，还有美食。定期和不定期策划组织大家庭party，也是老两口退休生活的重要内容。

老人家珍藏有100多本影集，记载了几十年来，以他们为核心的家族大家庭的诸多快乐片段。

快乐瞬间，温馨相聚，搞笑尴尬……欢乐的时光流淌在镜头画面的长河中，温暖了我们的双眼，感染大家的心弦。让人意外的是，那一张张灿烂的笑脸，其中很多是外族的脸庞，俨然一个国际大家族的汇聚。

老人介绍说，他们众多的亲朋好友中，有很多异国姻缘，还有的亲友收养国外的孩子。因此，他们这个大家族有瑞典、中国、巴基斯坦、柬埔寨、南非等国人，男女老少都不缺，聚在一起，天南地北，黑白黄褐，犹如联合国一样。我们开玩笑说，你们家族的聚会，是全世界人民渴望已久的世界各民族大团结盛会！

"给每一条河每一座山取个温暖的名字，陌生人我也为你祝福。"海子"超越自我"、悲天悯人的人类情怀，在老人看来，给他人带来温暖，也幸福了自己。

幸福就是满足

幸福就是满足，走过大半世纪人生的老人，一直在和我们讲述他的幸福观。

摩纳哥，这是一个以富庶和繁华以及昂贵的物价闻名于世的小公国，老人一家在那个繁华的世界生活了30多年。良好的工资待遇，富足的生活，并没有给他们带来多少幸福感。

让·雷波哈说，那个世界物欲的气息太重，一切都是以钱为标杆，因为有钱，那里的本地人基本上看不起外人，尤其喜欢炫富。金钱主宰一切，人们之间缺乏纯真善良的感情和交流，虚伪、隔膜和势利的社会风气，让·雷波哈一家人非常不习惯。热爱大自然，喜欢过普通有趣有情的日子，享受亲朋邻里的情感交流生活关照，这些给让·雷波哈带来快乐幸福的元素，在那个富人天堂里，难以寻觅。

因此，退休后，让·雷波哈一家毅然选择了逃离那个地方，来到这里，享受这里灿烂的阳光，湛蓝的大海，过简单悠闲的生活。

说到钱和幸福的关系，两位老人非常坦然。

的确，钱非常重要，没有钱，幸福感会少很多，所以钱一定和幸福有关，人的一生中追求钱，也是追求幸福生活的很重要的一部分，贫穷是人们获得幸福的最大阻力之一。老人举例说他有一个晚辈，经济上一直非常贫困，所以家庭生活也一直不太幸福，这有点类似于我们中国人说的"贫贱夫妻百事哀"。所以他循循告诫我们几个年轻人，要趁年轻力壮的时候努力赚钱，努力拼搏，为家人和自己的晚年生活提供富足的物质基础。

但是，老人强调，虽然钱很重要，但不是唯一，也不是一切，在满足了基本的生活之后，钱就不是最重要的，重要的是自己的精神世界，家人朋友的和谐健康快乐。

说到这里，很少开腔的老太太插话了。她非常排斥以钱为一切的理念，特别不喜欢炫富的人。她的小女儿家非常富有，女婿有一次给女儿买了一辆宝马大跑车，她们一家人包括女儿自己都觉得太张扬，结果没好意思开，就卖掉了……

最后，80多岁的老太太笑眯眯地对我们几位年轻的女记者说，别要求太高，幸福很简单，不用到处去寻找，不嫉妒别人，珍惜和满足自己现在的一切，你就会比他们更幸福。一席话，"寻找幸福"的我们尴尬之余，内心也被深深触动。

菲德黑柯和母亲。善良大度的菲德黑柯让我们见识了什么是宽容的最高境界。

我从小就被教导生活在乡村，而不是生活在大城市。所以，就算我
去了巴黎、马赛那样的地方，终究也会回来的。——杰罗姆

PROVENCE

杰罗姆·幸福就是生活在乡村

Jerome Bourgue: Happiness Lies In My Village

Jerome Bourgue

　　杰罗姆（Jerome Bourgue），采访对象中最寻常、最"贫穷"、最年少的一位。

　　若按世俗标尺来衡量，他似乎是皮尔·卡丹（Pierre Cardin）的反义词。不过，他的幸福感看来并不比其他人差。

　　根正苗红的普罗旺斯梅纳村农民，读完农业高职后，曾一度漂在大都市，最后选择回家，从事生态农作物的规模种植。

　　为什么？这个80后洋农民解释道——

　　幸福就是生活在乡村，而不是生活在大城市。

杰罗姆：幸福就是生活在乡村
Jerome Bourgue: Happiness Lies In My Village

欧洲有农村吗？有农民吗？

绵延数里的茂密森林，一望无垠的嫩绿色田野，看不见放牧的人；奶牛悠闲地在草地上吃草，猎狗神出鬼没地撒着欢；造型很Q的小木屋散落在一座座山窝里，点缀于一片片树林中。

在饱受美丽影像、文学"毒害"的我的印象中，欧洲似乎没有"农村"，只有童话和度假，农场主的生活也是一种度假体验。

时值傍晚，汽车正在一条灰白色的乡村公路蜿蜒，对于即将见面的采访对象、普罗旺斯农民杰罗姆，我们充满了好奇。

法国新农村：很"农民"的农家小院

道路两侧，是大片的农田和葡萄园，看不见有人在地里干活；偶见一两家道法自然的小农户，独门独院，孤零零散落田间，就像大田野的有机组成部分。我们看不到中国式"新农村"景象——远离土地、山林和牧场，在公路边划出整块平地，像城市一样，整整齐齐地建起一排排钢筋水泥楼房。

一车人都在感慨：开小汽车的法国农民还是那副农村的模样，而我们的农村却已经提前"城市化"了。

半小时后，一片清静得有些荒凉的路边农田旁，杰罗姆的家到了。

整个院落四周被大片的农田果园包围，蓝天绿地，一望无际。

院落很大，几乎有足球场那么大。随意的几间平房，木架上晾晒着几件衣物。院里停放着一辆客货两用汽车，散乱在侧的一些农具，彰显了主人的身份。最有意思的是院子一隅，居然静静地立着一架水车，看起来很有些年头了，估计是杰罗姆家的老古董。

　　第一次走进普罗旺斯农家小院，扑面而来的感触，除了宁静空寂，还是宁静空寂。

　　环顾杰罗姆家四周，连绵数里，不见任何人影；穿越小院前面的国道，难得一见有车辆过往。只有起伏不断的蝉鸣声，才稍稍叫破了这一份静寂。

　　这才是真正远离尘世的悠然平静，才是真正的普罗旺斯田园景象。不过，对于长年习惯了热闹嘈杂的我们来说，总觉得少了些人气。

　　去的时间早了些，主人还在田间劳作。

　　一向开朗的伊夫叹气说，现在的农民越来越不喜欢做农民了。即便是在世外桃源的南法地区，去巴黎、马赛这些大都市打工，也是大多数农村年轻人的梦想。

　　我们中国又何尝不是呢？

　　走进城市，融入城市，做一个体面的城市人，这是绝大多数农村青年最真切的憧憬。萧条破败的农村，日出而作日落而息的生活，对于他们来说太没意思了。拖家带口，背井离乡，到城市去，是对现实的反抗，亦是梦想的开始。至于会不会被农村与城市同时边缘化，则暂不在他们的考虑之列。

　　伊夫和我们一起陷入了沉默。

　　每个人都有权追求自己的生活，我们无权告诉他们哪里更美好。——一边享受现代文明的成果，一边怀念泥土气息的乡村，怎么说都有点做作。

　　忽然，一只高大的黑褐色猎狗欢快地叫破了沉闷。

　　黑黑瘦瘦的普罗旺斯农民杰罗姆和他的女友出现在门口。

小伙子也曾徘徊于青春的三岔路口
（摄于梅纳村，在去杰罗姆家的路上）

洋农民，兜兜转转人生路

这个80后洋农民没有欧洲青年惯常的高大威猛，除了一对蓝眼睛之外，他和中国农民有太多的相似之处：脸庞黧黑，胡子拉杂，牛仔裤和球鞋都沾着一些泥，一看就是刚从田间地头回来。

杰罗姆告诉我们，高中毕业后他去尼斯上了两年农业专科学校（相当于我们的高职，比技校强）——那不是大学，他一再强调。

毕业后，他没返乡，也没有在大城市开始新生活，而是给自己的心灵放了一个假，加入了一个徒步旅行组织，走着瞧。

他徒步旅行结出的思考成果是：放弃农业，当个教师，地理教师。——我想，是不是因为走过了千山万水，他就想当个"纸上谈兵"的地理导师？

未来的地理教师杰罗姆搭车去了阿维尼翁——他们的省会，去圆那个教人走遍千山万水的梦想。

没多久，他在阿城遇见了一个阿根廷女孩。听到这儿的时候，我们忍不住看了看他身边的姑娘。

他害羞地连连摆手：不是现在这个，不是现在这个。

谈"天"说"地"的教育事业，被年轻浪漫的爱情挥刀腰斩。他义无反顾追随爱情走了，跟女友去了阿根廷。那个南美姑娘懂哲学知识（我们忍不住又看了一眼他身边的姑娘，这个敦实的姑娘看上去确实不像是懂哲学的），懂化妆知识，懂食品知识——我们赞叹：由表及里，从精神到物质，阿根廷女孩很立体、很全面嘛！

然而仅仅两个月，异国激情就冷却了。冷暖自知的他明白，阿根廷之路，终究不是一条适合他走的路，他，只能属于普罗旺斯。

普罗旺斯小伙子带着一肚子哲学、化妆、食品知识，回到普罗旺斯，去了马赛一家公司上班，负责药材管理。八个月后，他终于回到了梅纳村，下定决心当农民。

兜兜转转，小伙子绕了一大圈，又回到了原点。

为什么呢？我们很奇怪。

在大城市我找不到自我，也没有快乐，我从小就被教导生活在乡村，而不是生活在大城市。所以，就算我去了巴黎、马赛那样的地方，终究也会回来的。我回来，是因为我比较了不同的生活方式。

说这些时，杰罗姆面带微笑：

我体会过城市的生活，不过我更喜欢住在乡村，你知道为什么吗？因为我在乡村找到了让我开心的工作，这里的人互相帮助，我感觉很自在。这里的风景很好，空气新鲜，没有污染。我种植蔬菜，因为我本来就是一个农民。我可以在家附近工作，可以与顾客直接联系，不用像城里人那样在地铁上花费那么多时间，我直接就可以回家了，很方便。

——很简单的理由，但需要拒绝太多的诱惑。我不无佩服地看着这个80后洋农民。

我一直认为，人获得快乐有两大基础：一是健康。我们不值得为任何事情去放弃健康、损害健康、牺牲健康。二是自由。自由就是选择。我们可以选择选择，即做自己喜欢做的事，获得快乐；我们也可以选择不选择，即顺从社会价值理念，选择做自己不喜欢做的事，并努力做好，从而成功。这种成功带来荣耀，却往往不能增加我们的幸福。

我知道这些，可是知道又能怎么样呢？在这个简简单单的80后洋农民面前，我感觉到一丝无奈的悲凉。

梅纳村的"杰青典型"

杰罗姆微笑着说："我父母是错过法国60年代'农业大教育'的那一代，是传统意义上的农民。而我，受过两年的农业科班训练，我觉得自己能在农村有所发展。"

世面没白见呀！耐不住寂寞的伊夫村长插话了：在梅纳村从事种植业的，有三十来户人家，不过发展有机农业的，就只有杰罗姆一人。——看得出来，一村之长很得意自己推出来的"杰青典型"。

杰罗姆花了一年的时间做准备。父母很支持他，一直在帮青胜于蓝的传承人的忙，为他买了6公顷的地，他自己又租了4公顷。——诸位，10公顷，就是150亩；如果您住的是100平方米的房子，那么，这个农场，就相当于您1000套住所那么大。好大一个农场！真是规模化作业呀！

就这样，五年前，小伙子开始了创业。每天6点45分准时起床劳动。

农场搞"会员制"，顾客只要每年付10欧元，就能来有机农场自选。对顾客来说，这样可以保证果蔬的新鲜度；对他来说，这样可以减少运输成本——这样真的很双赢！他现在已发展了80个顾客。

正说着，一个富态的太太光临了，她熟练地挎起菜篮子，向院外的菜园走去。

我们好奇地追踪。只见她闲庭信步，酷似拿破仑大帝在大阅兵，在这个西红柿脸上掐一掐，在那条黄瓜肩头拍一拍，间或弯腰警惕地嗅嗅那颗洋葱，喃喃自语。

拿破仑太太终于满载而走，我们居然没旁观到太太买单！难道，这居然是个共产主义农场？

杰罗姆看出了我们的困惑，安慰心疼的我们说，没事，会员们会付给他支票，月结。

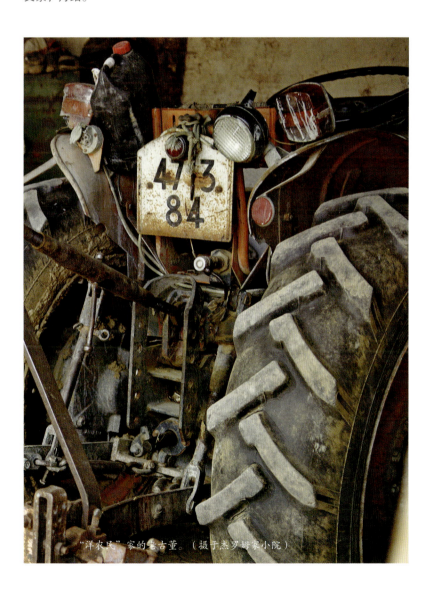

"洋农民"家的老古董。（摄于杰罗姆家小院）

杰罗姆家的小院，前不着村，后不着店，
除了宁静空寂，还是宁静空寂

　　我们问，普罗旺斯这些年成了世界级的旅游大热门，游客纷纷叩门而
入，这会不会帮衬到他的生意？

　　小伙子说作用不是太大，他的果蔬主要是卖给本地人，不过，他每周日
都会去集市摆摊，普罗旺斯夏天时旅客会很多，这时候，他的顾客有一半就
会是游客。

　　看来，他搞的是"一体化"模式，产、供、销一条龙。

　　我们说，法国政府计划在2020年，把有机农业所占土地面积比例，从
现在的2%提高到20%。你本人是不是对此有信心？

　　他笑了笑，说其实有机农业投入的人力和本钱很大，但产品价格并不是
很理想，所以很多人对前景有点悲观。但是他很喜欢生态农业，他一生都会
从事这份工作，并不打算改变。

　　我们望着这位年轻的法国农民，认真地询问：一辈子吗？是一辈子待在
农村，还是一辈子工作在生态农业这个领域？

　　小伙子笑了，他知道我们问话的陷阱，尴尬地望着身边的女朋友，下意识拍拍依偎在他脚下打盹的小狗。

　　是啊，日复一日，日出而作日落而息，单调、枯燥的文化娱乐方式，大城市花花世界灯红酒绿的不息诱惑，青春热血的激情涌荡、生态农庄的扑朔迷离前景……你让小伙子怎么回答我们的问题才好？

杰罗姆的幸福

　　依偎在他脚边那条寂寞的小狗，可能是很少见到这么多的陌生人，它兴奋异常，绕我们几个外人团团转，摇头晃脑。

　　它不知从哪里衔来一个网球，像一个淘气的孩子，不停纠缠我们玩抛球游戏：我们将球抛向远处空中，它立马矫健扑向球，衔住，然后兴致勃勃跑回来，将球交给我们，在我们身边不停转悠，满眼期待我们将球再次抛向空中……

在我们采集的诸多幸福标本中，最草根的他，幸福感看来并不比别人差。

　　为了能专心采访，我使出上学时抛铅球的劲儿，将网球抛得老远。可是不到半分钟，它又衔着球跑回来，缠着我撒娇……杰罗姆冲它吼了几嗓子，它才消停，乖乖偎在主人的脚下，很快就打盹了。

　　它是不是和青春年少的主人一样，觉得生活太寂寞太冷清了？

　　我再次环顾空旷四野，除了我们和杰罗姆，除了耳边微微吹拂的凉风，除了夏日的蝉鸣，世界宁静安谧得就像无波古井，安静得让我们心里空虚。

　　拜会快结束了，我们例行公事，请他谈一下幸福是什么。

　　他呵呵笑了，说这个我得考虑一下。

　　很快，他交出了答案：

　　幸福就是生活在村庄，而不是生活在大城市。

　　因为村庄没有什么污染、压力。而且我是一直生长在这里的，事实上，我从来没有真正地离开过乡村。

　　我觉得我蛮幸福的，去阿根廷那里的时候，我更是这么觉得，我发现很多人的生活真的很不容易。

　　我们问他，对于当下的生活，你有什么不满意的吗？

　　他又沉思了一下，答道："宿命，也就是那些无法改变的东西会让我困扰。偶尔我也会想改变一下自己的生活，种这种那的日子，似乎完全把我给套牢了，不过总体来说，我挺喜欢目前的活法。"

　　采访结束时，已是傍晚7点，但是普罗旺斯的晚霞依然当空灿烂。杰罗姆热情邀请我们去他的农庄走走，大家欣然前往。

　　一路上，我们放眼眺望，或姹紫嫣红，或青翠欲滴——噢，我居然把"青翠"打成了"清脆"，不过没关系，体贴的小伙子开始拧蜜瓜招待我们了。绿色的蜜瓜，咯嘣一咬，鲜橙色的甜瓜肉汁沿着掌心滴落，何止"清脆"，简直是甜蜜蜜，叫人齿颊留香。

> **关于有机农业**
>
> 　　早在上世纪20年代，法国和瑞士就提出了有机农业这个概念，后知后觉的他国直到80年代才站起来附和。相对于常规农业，有机农业的要求有三：
>
> 　　——生产基地：在作物收获前三年内未使用过农药、化肥。
>
> 　　——种子、种苗：来自于自然界，不能经过基因技术改造。
>
> 　　——作物：收获、贮存和运输时，未受过化学物质污染。

　　我们一路享受着美味和美景，转了很久，几乎走遍了附近的农田，太阳渐渐下山，快晚上8点了，我们几个姑娘开始叫脚痛了，可小伙子依然兴致勃勃。

　　农庄始终是孤寂的，远东客人的到访，让这个小伙子欣喜不已，一直在我们身边嬉戏闹腾的猎狗，更是久久不愿我们离开……

幸福的真谛：健康自由快乐

　　离开时，坐在车窗前，看着频频挥手的他，我们感慨：

　　在拜会过的诸多普罗旺斯幸福标本中，如果按世"俗"标杆来衡量，他当是最草根的一个：金钱和成功的事业离他似乎很遥远；他也并不是百分百能耐得住山居岁月的孤寂，他对生态农庄的发展前景也不无迷惘……

　　但是，他的幸福感看来并不比别的采访对象差。

　　我们陷入了思考——这是因为其父母调低了幸福指标，让他轻轻松松就够得着吗？还是因为平平淡淡、简简单单，原本就是幸福的真谛？

　　是啊，只要健康着、自由着、快乐着，事业不成功又怎样？财富贫乏又怎么样？假如健康不再、自由受限、郁郁寡欢，事业成功又怎样？金山银山拿来干什么？在个性需要妥协到几乎泯灭的社会，人们不由自主，一而再、再而三地顺从潮流，放弃自我。当今天的社会已宽容到给了我们多元选择的无限可能时，难道我们还要再一次仅仅为了让别人觉得自己成功而去谋求成功吗？

　　车上是长久的沉默。我们本是来寻找幸福的，可是在幸福标本面前，心情却沉重如斯……

卡萝儿：与其说幸福，不如说成就感

Carol Drinkwater: Happiness? I Would Rather Say Achievements

卡萝儿（Carol Drinkwater），所有采访对象中，数她最有明星范儿。

她本就是伦敦的影视明星，曾出演电影《发条橙》（*A Clockwork Orange*）、BBC电视剧《伟大与渺小》（*All Creature Great and Small*）。

24年前，与当制片人的先生定居普罗旺斯戛纳城区橄榄庄园，躬耕其间，钻研橄榄文化。近期应邀与联合国教科文组织合拍纪录片《橄榄树之根》。

她早年就已是《泰晤士报》的专栏作家，不过真正使她文名鹊起的，是她的七本橄榄之恋散文集。

接连转身，每次都转得惊艳，这位多才多艺的爱尔兰女子，堪称传奇人物。

卡萝儿：与其说幸福，不如说成就感

Carol Drinkwater: Happiness? I Would Rather Say
Achievements

优秀，优雅，优越，这是卡萝儿给我的第一印象。

在橄榄庄园绿荫下接受采访的她，出口成章，音调优美，娓娓道来幸福
与不幸福的往事。

伦敦影视红星

卡萝儿从小就想当演员。

她出生在爱尔兰一个演艺世家，二战期间，她父亲游历欧洲各国，为军
队进行才艺表演。

小时候，她常常入迷地看着父亲在空荡荡的剧院里投入地排练，她自然
而然地爱上了表演。长大后，她到伦敦一家戏剧学院接受训练，很快，她就
脱颖而出迈上了舞台。

卡萝儿说："在英国想要当演员，绝对不是轻而易举的事。演艺工作
非常辛苦，我不知道在中国是什么样的情况。当然，我很幸运，总能接到活
儿。作为演员，我很好地诠释了各种角色，这是很有挑战性的。"

她说自己很喜欢拍电影，一大群人聚在一起，携手做出点东西的感觉非
常好，她很享受这种为工作而集体游荡的类吉普赛人状态。

在山腰别墅的客厅里，满墙都是她的剧照，满架都是她的录影带。片中
的她神采飞扬，提醒我们，在英语世界，她曾是一个家喻户晓的大明星。

演艺之外，她一直在尝试写作。她的处女作《伟大与渺小》售出了15
万册，她说也许这在中国算不了什么，但当时对她来说，已经是一个极大的
鼓励。

《伟大与渺小》后来被拍成电视剧，她在剧中饰演主角。电视剧讲的是
上世纪30年代的事儿，片子的场景可以看到田间地头的劳作，看到令人欢
喜的禽飞兽走，战前的英国，一切都显得简单而美好。

1979年，她赚到很多片酬，于是就来中国玩。当时中国刚刚开始对外开放，她想在大转变发生之前，看看中国的模样。她没能在英国拿到来中国的签证，因为当时发放的来华签证数量有限，于是她改道香港申请，一个月后终于进入大陆。

她记得在河南一个地方的时候，很多人走到她身边，触摸她的头发和衣服。说到这儿时，卡萝儿强调说，他们是真的在摸，还一边说话，不知道他们是不是在说"欢迎你"，不过他们都在微笑，很友善。

中国行令她最难忘的，是在长城上发生的一幕。正当她陶醉于壮丽景色时，一对夫妇从她旁边走过，惊喜地说，咦这不就是演《伟大与渺小》的卡萝儿小姐吗？这对夫妇是从澳大利亚来的游客。这件事使她明白了媒体的强大，以及这部剧的成功。

那一年她26岁，那一刻她终生难忘。

可以肯定的是，卡萝儿是一个自我感觉非常良好的人。根据我的观察，这种人幸福感往往比较强。林肯总统不是说过吗：对于大多数人来说，他们认定自己有多幸福，就有多幸福。

有一种心理调节技术，操作的方法是常常幻想自己的最好版本，据称此举能让人脱胎换骨。有人讥之为自我陶醉，其实，幸福感强的人，很多时候正是自信自乐的人，"最幸福的人就在于他们有一种天赋——自行其乐"（史铁生）。

戛纳橄榄庄园主

卡萝儿毕生都在追求一座面朝大海、春暖花开的别墅，"即使它摇摇欲坠、破旧不堪也无所谓"。

她觉得，自己在海边时最能保持宁静的状态。看到海平线，她就会觉得心情非常的好，她也说不清这是为什么。

当初刚到戛纳的情景她历历在目。她和米歇尔（Michel Noll）在沙滩上牵手漫步，在海里并肩游泳，游着游着，不经意间抬头看到了海岸风景，那一刹，她觉得自己走遍天下，也没见过比这更美好的地方。

鉴于戛纳的天价房费，她终究没能实现在海边居住的梦想，而是"内退"到郊区半山一个荒废的十亩庄园。是时，庄园只有葱绿的大片橄榄林，他们买下后，大刀阔斧地进行改造、管理。

卡萝儿珍藏的早年主演电影《父亲》剧照。影星时代的她，风华绝代。

米歇尔在巴黎的公司上班，卡萝儿在这边照料庄园。夫妇实现了一个平衡，城市生活和乡村生活的平衡。

她说："庄园里有68棵树，每一棵都有其独特之处，我一一分得出来。我觉得自己就是那种生于土地长于土地的人。你看咱们这会儿正聊着的时候，我就看到了周围的蝴蝶、蜜蜂，这些神奇的小生灵对我来说非常重要，如果你是生活在城市，你就不容易看到这些。曾经有一个读者跟我说，我的书里充满了自然和诗意。"

站在橄榄庄园山冈上，可眺戛纳、地中海

　　98％的橄榄树长在地中海周边地区，地中海文明就是橄榄树文明。她曾孤身一人，历时１６个月，环地中海考察橄榄树文明缘起——

　　在旅途中，我得到很多灵感，就像把一个石子扔进水里，激起层层涟漪。我扔下一个石子，得到了橄榄油知识；接着扔下一个石子，理解了橄榄树文明；再扔下一个石子，读懂了历史对未来敲响的警钟。

　　这一次旅行，她在中东时还不得不蒙上面纱、穿上黑袍，和一群穆斯林女子同床共枕。在以色列，她遇到了诸多困难，包括战火冲突。

　　不过庄园主说："生活中如果有一道墙堵在我面前，我更愿意越过这道墙，去看看前面的风景。"这一切一切，后来都化为她的笔底波澜。

　　刚来庄园的时候，她也使用过杀虫剂，外出考察橄榄文明时她发现，农药对周围环境的影响实在太大了，因此她决定重返天然农作方式。

　　有机庄园里那些400岁的橄榄树要是施用化肥的话，每一棵每年能结800公斤橄榄果，但她放弃了这种不健康的方法，所以现在只能收获300公斤。

　　这段时间，她一直在普罗旺斯、巴黎、伦敦之间巡回演讲，演讲的主题是保护环境、珍爱地球。她认为，若能对地球承担起责任，那将是她个人的莫大成就。

欧美畅销书作家

　　现在，她倾情专注于写作，这种居家工作的方式十分便利。

　　写作吸引她的地方是，在她的文字世界里，她就是造物主，呼风唤雨，掌控一切，这给她带来巨大的成就感。

她说："作为一个作家，我觉得自己其实已把书中的角色都扮演过了。有时候我写书写到一半就哭了起来，旁人会惊讶地问，你为什么哭？我说没什么。我只是在写作的时候，太入戏了。"

她自豪地把七本书摊在原木大桌上，告诉我们：

这套橄榄树系列的书，在全球的发行量已经达到100万本。让我始料不及的是，我居然拥有数量庞大的年轻女子受众，这种感觉实在是太好了。这可能是因为，我和米歇尔相恋时还很年轻，我们一起来到庄园。当时我发心去构筑属于自己的橄榄王国，由于我勇敢地去追逐梦想，所以很多年轻人备受鼓舞，他们写了很多信件给我，我的Facebook个人网站也出现了大量访客；

另外，我还有退休读者群，他们中有很多人都想来普罗旺斯养老。曾有一个读者写信来，说他和老伴想在这里买房子，问我可不可以资助他们？我直接回信拒绝了他。

她不无兴奋地告诉我们，接下来，她要在一个小书店里举行签售会。圣诞时节，不少人会来买书作为礼物送给别人。

她说，在欧美大部分书店都能买到她的书。

的确，在里昂转机时，我在机场书店刷卡买了一本她的大作，精装本，图文并茂。

本书行将杀青时，我听到一个好消息，大陆一家出版社就要推出她的橄榄大作。相信我们是第一个采访卡萝儿的中国记者，但绝对不是最后一个。

卡萝儿是个话痨，美丽言辞风行水上，记录下来，不加修饰，就是一篇好文章！

爱与哀恸

卡萝儿的先生米歇尔，我们倒是熟得很。他是我们南方电视台举办的南方多媒短片节的VIP评委。

卡萝儿深情款款地回忆了他们的爱情故事。

那一次她在澳洲拍戏，制片人正是米歇尔。之前他们并不认识，他邀请她出去吃晚餐，问她能不能嫁给他？她一笑了之，不置可否。

后来他邀请她来戛纳，说希望她能来这里陪着他。作为一个演员，她非常喜欢这座影城，也梦想着能在海边拥有一座房子。

他们忙忙碌碌，一直挤不出时间来结婚。某一天，米歇尔突然掏出钻戒求婚，她答应了这个"很风趣很优雅"的德国男人。

当是时，她刚好收到一份工作传真，传真来自南太平洋一个小岛国王的秘书办公室。他们灵机一动：为什么不去找那个国王主持婚礼呢？不过婚礼没有她想像的那么浪漫，因为那个国王是个极其虔诚的宗教徒。

卡萝儿概括说，他们在南太平洋大岛上认识，在南太平洋小岛上结婚，这个故事够疯狂！

接下来，女作家用梦幻般的抒情语言回忆了婚后的欢乐时刻，兹实录如下：

仲夏的周末，我们浸泡在伊甸园，一丝不挂地游泳。泳池是米歇尔送给我的生日礼物。沁凉的池水飞速地从我们指缝间游过，午后的阳光爱抚着我们后背，暖暖的就像是上帝的恩赐。

亚当和夏娃上岸躺下，温柔的绿草地，湿吻着我们古铜色的后背。

我们交换着写给对方的信件，有的仅仅是因分离几天而写。我们会把信件朗诵出来——

哦，你就像美酒那般迷人，我要把你一饮而尽；

当需要人爱的时候，别找陌生人，我就是你的爱人……

卡萝儿的嗓子富有磁性，很小资的诗歌，她念来声情并茂。

我一时嘴松，问了一个事后想咚咚撞橄榄树干的问题：您孩子也住在庄园里吗？

眉飞色舞的她骤然敛容，吐出一句："我没有孩子。"

普罗旺斯的太阳突然降温，山坡上的时间忽然凝固。

过了令我们窒息的一阵子后，她终于张嘴了："有一次拍戏，我意外堕马，我与米歇尔的爱情结晶流产了。医生告诉我，我以后再也不能生育了。那段时间，对我来说真的非常非常难。"

说到这儿的时候，卡萝儿仰天沉默不语。是的，对于一个自信到极点的人来说，无后，不能拷贝一个"小卡萝儿"，是何其残忍的一件事！

说心里话，在九个采访对象中，这个金发女子是最矜持的一个。她的沉默，让我终于明白，为什么这个山居的异国女子，每天会抽出大块时间来给读者回信了。

我们的女记者上前紧紧地拥抱她，大家久久没有说话。空气一点点暖了起来。

她继续接受采访："后来我们来到普罗旺斯这个庄园生活，正是橄榄树，给

"哦，你就像美酒那般迷人，我要把你一饮而尽，当需要人爱的时候，别找陌生人，我就是你的爱人……" 摄于橄榄庄园

了我重生的力量。它是不死树，我在希腊见过六千岁了还在结果的橄榄树，这种长生不老的树让我找到了慰藉。我们在这里种植橄榄树，虽然我没有后代继承我的事业，但将来有一天，人们来到这里，或许对我一无所知，但我对他们能够有所给予。如今我的伤痛愈合了，我过着幸福的生活，我去旅游、拍电影，做很多很多事情。我的电影、我的书就是我的孩子。"

我听后有些感慨。辞去彭泽县令归园田居的陶渊明，以菊为图腾标榜清高；从巴黎返乡隐居的普罗旺斯人都德，以磨坊为图腾自诩逸静；拿把斧头搭木屋的"鲁滨孙"、美国人梭罗，把物欲减到最低，以瓦尔登湖为图腾澄静简单生活的美；而定居戛纳庄园的爱尔兰女子卡萝儿，以橄榄树为图腾，来寻求信念的永生。

我挺佩服她的。正如弥尔顿所言，失明本身并非是悲惨的，不能忍受失明才是悲惨的。卡萝儿没有诅咒黑暗，而是点起了一支蜡烛。

心态很重要。比如说阿维尼翁断桥，如果它垂头丧气，那么它就是无用的、被遗弃的残疾桥；但实际上，恢宏凌波、戛然止步的它，成为了教皇城的头号景点，罗讷河上那半道最美丽的彩虹。纷至沓来的人们，用最丰富的

她半生都在追求一座面朝大海、春暖花开的别墅，"即使它
摇摇欲坠、破旧不堪也无所谓"

想象力为它续桥。

卡萝儿还有一点值得称道，她"好了伤疤就忘了痛"，而这，恰恰是幸福的秘诀之一！

与此相反的是，很多人沉湎于自虐的快感当中，在酗"不幸福"的痛。痛是苦酒，他们在酗这种酒，一饮再饮，一痛再痛，一醉再醉，一吐再吐，直至酗"痛"成瘾，不能自拔。

幸福一席谈

在我的心中，早已描绘出天堂的蓝图：那是一个朋友们相聚、游泳、放松、辩论的地方，当然，他们也可以谈论生意。花园里遍地都是可以拾起来的新鲜美食，

　　后院的露天厨房飘来阵阵香味，烛光装点的长桌上斟满了粉红酒，宾客们
大快朵颐。人们听着永不过时的爵士乐，星星在不停地眨眼，直到东方之既
白。在这片无忧无虑的乐园里，艺术家们、情侣们、孩子们都亲同一家，过
着幸福的生活。我安静地在石屋一隅酣睡。待我睁开眼睛，打开桌上的电脑
时，新的一天生活祥和地开始了。

　　对我来说，幸福并非一成不变。我和米歇尔相逢时，幸福对我来说就是
堕入爱河；后来我们来到了普罗旺斯，那时我还是个演员，幸福对我来说，
就是外部世界给我的掌声；随后人们对我身份的认识，更多地变成一个作

家，现在对我来说，幸福就是发现自己内心的想法。总之，我会不断根据环境的变化，去改变自己的人生理念。

总是有些人在抱怨：有时间的时候没钱，有钱的时候又没时间。我认为，这是一种非常狭隘的人生观，这两者毫无关系。我的很多朋友都为钱多而烦恼，我没有钱，所以没有那种烦恼。

我从不允许金钱成为阻碍自己逐梦的绊脚石。如果没钱买票旅行，我要么就拼命工作赚钱，要么就徒步或搭便车。

有一次我在银行办事，看到保安很警惕地持枪押送运钞车。我突然想到，如果我们每个人珍惜自己的健康，能像保安们保护钞票那样警惕，那该多好！健康对我来说最重要，它使我有足够的精力去做自己想做的事。总之我觉得，我们把金钱的地位摆得太高了，这是不对的。

对于很多外国人来说，来到普罗旺斯就是退休了，享受这里的美酒、这里的阳光，慢悠悠地在生活。但我不这样，我是一个忙碌充实的人。

我是一个梦想家，我信奉一句德国谚语，它是这样说的：如果你意志坚定，一往无前，宇宙万物都会为你加油打气。

"幸福"——我不喜欢用这个词，我更倾向于用"成就感"。创造给我带来了无与伦比的成就感，我的书很受欢迎，很多人读我的书，很多读者和我联系。我人生中有一件非常美好的事情，那就是我一直能够保持与读者的亲密联系。

演员、学者、作家，我没法把这三个身份单独抽离出来。作为一个演员，我现在已经很少参与演出了，但作为一个研究橄榄树的学者，在自然环境中打理橄榄树的实践，给我的写作直接带来灵感。最近，我应联合国教科文组织之邀，用自己的书制作一部纪录片，这样，我就把写作和演艺结合起来了。

我很喜欢橄榄庄园，这是世界上一个美丽的角落。我喜欢橄榄树、喜欢养狗、喜欢在这里发生的每一件事。我觉得自己的人生过得很饱满。我辛勤劳动、收获果实，我是非常幸运的。因为人有时候尽管十分努力，也可能一无所获。我还与挚爱的男人厮守一生。

别人会觉得这叫幸福，但我把这叫作生命的成就感。

"为节日而盛装的心情"

让我们惊喜的是，卡萝儿主动提出带我们去戛纳城转一转。

她还用她那动听的明星声线在作脱口秀导游：

你们看，这里就是戛纳，名满天下的戛纳。现在是10月份，地毯是蓝色的，而到了每年的5月，地毯会换成最艳的红色。

每到那个时候，原本空荡荡的广场上，就会变得热热闹闹。

人们兴高采烈地来到这里，愉快地谈论着电影，每个人都身着盛装，整个小镇沉浸在欢乐当中。

这是个属于夜莺的时节，它们彻夜欢唱。我们迎着地中海的微微凉风漫游，站着喝上半杯粉红酒。

这种感觉非常美妙，是的，我很喜欢这种感觉，我时常会回忆起这段欢乐时光，你看，我现在并没穿着华丽的衣服，不过我很怀念那种为节日而盛装的心情。

感觉得出来，这个爱尔兰女子非常爱戛纳，戛纳是她的圣地，节日宫是她的圣殿，星光大道是载她的天路，镁光是为她加持的神光，掌声是为她祈福的唱诗。她来到戛纳，就像水融进了水，火点燃了火。

她是一颗高悬的明星，微笑着接受人们的仰望。随着岁月的流逝，人生处境的改变，她斗转星移，游走天穹，换着各种身位吸引人们的目光，她从来不曾陨落，永远不会熄灭。

不草根，不平淡，不苟且，她的幸福，来自成就感。

他对岳父母心存敬意，因为他们是"根雕艺术家"，
顺着子女的根须天性去随机雕琢人生。

PROVENCE

司徒骥：幸福是一种担待

Gabriel Sterk: Be Responsible For Happiness

司徒骥（Gabriel Sterk），被我们的女记者评选为头号新好男人。

雕塑家，平生快意之作，是在塞尚家乡为塞尚造像。

荷兰人，少年时随父母移民澳洲。

十年前携妻女带着岳父母移居普罗旺斯艾克斯城（Aix-en-Provence）郊区，有着荷、中、法血统的大家庭其乐融融。

司徒骥：幸福是一种担待
Gabriel Sterk: Be Responsible For Happiness

想不到普罗旺斯也会淅淅沥沥下雨。

我们请司徒骥摆拍一张照片——赶到近旁的艾克斯城区，让他跟他塑的塞尚（Paul Cézanne）像合个影。

温和的他却一口回绝。

倒不是不接受摆拍，而是因为今天正好是他崇拜的塞尚的忌日，当年塞尚就是在这样的阴雨天出门写生，受了风寒昏倒在地，被一辆马车载回家后很快辞世。

哦，是担心"意头"不吉，这倒提醒我们想起他的广州姑爷身份了。

千里马跑遍三大洲

骥，千里马也。

在中国文化里，马主奔波，的确，司徒的一生驿马星动，马蹄踏踏跑遍三大洲，行程千万里。

他出生于一个荷兰大家庭，一共有七兄妹。他说荷兰人跟中国人一样忙，父母压根儿没空带他们。

他在乡下原生态地生长，天天看着各种鸟儿、鱼儿、花儿在天上飞，在水里游，在岸上开。

他老是一个人溜进附近一个大城堡游玩，堡里挂着一墙墙蒙尘的油画，形形色色的画面，自然而然地印进他的脑海里——这就是他的美术启蒙课。

上高中时，司徒家移民到澳大利亚。

他悠游自在的幸福感，"当"一声撞上了语言的铁墙，他不会说英语，无法融入当地社会，他想表达自己，却说不出口，为此，他常常无名火起。

他开始躲进小楼，埋首画画儿，以此证实"我在"。

幸福回来了。他参加当地一个绘画比赛得了金奖，这是他的人生拐点。

评委们都以为这是一个中年人画的，颁奖时很吃惊：唷，才15岁，有前途有前途！

于是他被保送到当地一所艺术学校，接受完整的艺术教育，一年加半载之后，他的导师建议他回欧洲接受更好的艺术教育。

父母激烈反对，他们希望孩子都跟着经商，整合出一个家族大企业。

但17岁的他一意孤行飞回了祖国，并被首都一所艺术学院录取。

他的订单越来越多，最后连荷兰女王都接见了他。

父母从报纸上知道他已经成了一个著名的雕塑家，但是，他们仍然反对他搞艺术。——他只有成为一个著名的企业家，他们才会欢乐开怀。

千禧年，他的妻子、汉学家胡若诗（Florence HU-STERK）来艾克斯大学城谋一教席，很遗憾未能如愿。

陪妻子前来的他，却有意外收获，他对阳光灿烂的普罗旺斯一见钟情！

普罗旺斯的阳光让游子留步

普罗旺斯的阳光，对于雕塑家不可或缺。

司徒跟我们说，雕塑最终是要在户外展出的，所以，雕塑家都盼望直接的露天作业。

普罗旺斯得天独厚，一年有九个月时间天气非常好，每天可以在户外工作到很晚。像今天这样的阴雨天，倒是难得一见。

普罗旺斯双倍量的阳光和色彩，吸引了游子塞尚回家，吸引了司徒的同胞凡·高、西班牙毕加索前来。美术家纷纷皈依普罗旺斯，很多人在太阳圣地完成了一生中最重要的作品。这些，让浪迹天涯的司徒很有归宿感。

司徒非常喜欢塞尚的作品，他到了艾克斯后，震惊地发现：塞尚的故乡，居然没有一座塞尚的雕像！！

这还得了！他马上动手"雕塑空白"。

塑像的造型，是塞尚戴着帽子、挂着拐杖风尘仆仆外出写生，形象生动，别有情致，本地人、外地人，都很喜欢跟"他"合影。

司徒买下了一个大庄园，这里距离艾克斯城区很近，邀请大家过来看雕塑作品很方便，庄园方圆一里，足够陈列他的作品。

他接手庄园时，里边的房子已残破不堪，鉴于普罗旺斯装修这类"脏"活儿非常金贵，他干脆亲自动手。

他一个人埋排污水管，架电线，粉刷所有的墙壁，以及更换漏雨的屋顶。房子一天天美丽起来，妻子和女儿们拍手欢呼，于是他越干越欢。

　　我在端详司徒的那双手，黝黑，修长，青筋贲张，灵巧，遒劲。

　　这双手，能像艺术家一样别出心裁地粉刷墙壁，也能像粉刷匠一样随心所欲地雕人塑物。

　　上得厅堂，下得厨房，这真是个复合型好男人！

中国风雕塑家

　　我们漫步在司徒空旷的庄园，慢悠悠地欣赏着满园作品。

　　雕塑截取的是对象的"时空切片"，以瞬间映射永恒，从这一点来说，它像摄影，像琥珀。

司徒的陈列室，看到他最得意的塞尚像了吗？

司徒在创作《呼救的手》——滥砍滥伐引发洪涝，被淹没的人类在水下伸出绝望的手。（梁文彦/摄）

庄园陈列的多数是"人头·马"：头像多，马像多，其造型多呈"山奔海立"之势，我稍一愣神，整个雕塑公园霍然活了起来：

万马奔腾，鹰击长空，美人鱼冲浪蔚蓝海岸，凡·高失魂落魄地荷着一束向日葵迎面走来，一双巨手从混浊的洪涝中颤巍巍伸出来向我们无声地呼救……

我个人很喜爱他的作品，首先，司徒的作品很具象，很不毕加索。

正如司徒所抨击的那样，现在很多年轻的艺术家连肖像都画不好，却强迫自己去做一些自欺欺人的抽象作品。

其次，司徒的作品富有空灵美，深得国画"得意忘形"之精髓。

很多雕塑家都不愿塑马，肌肉太多，不好塑型。

而司徒却酷爱这一题材，在他的庄园里，抬头低头均可见马雕塑，马们或一飞冲天，或奋蹄驰骋，或在慢悠悠啃草休养。

他说他感恩中国画，他从中悟出了"会其意而忘其形"的真谛，他塑马，用简练线条定型，对马的肌肉则不作过多展现。

他想让自己的作品飘飘欲飞，轻盈流丽。他不喜欢那种笨拙的雕塑。

司徒的中国烙印，还体现在他的签名上，他设计的花式签名，眉眼耳鼻唇俱全，隐约可见八大山人"笑之哭之"的流风余韵。

另外，司徒的作品追求社会意义，环保意识强烈。

"司徒"是上古官名，主管"教化民众"。

人如其名，他认为如果作品只有抽象的意境，而没有传达信息，那是他无法接受的。

他的雕塑一直在表现"人在自然面前的脆弱无力"，呼吁人们爱护环境。

在普罗旺斯的冬天，人们常常把树枝砍掉，没了枝叶的树干光秃秃的，像一个落难者张开双臂在痛苦呼救，深受触动的司徒，做了"两只手"的模型，他把树木无枝无叶的苦难，升华成人类遭遇水灾的劫难。

刚开始，他把这"两只手"摆在树木旁边，有一天他突然发现，应该把它推下水去——滥砍滥伐引发洪涝，人类被淹没了，在水下伸出两只绝望的手，在发出SOS信号。

很遗憾，司徒的这类讽喻类作品销路欠理想——政府和群众，似乎都不太喜欢被告知"究竟应当怎么做才是正确的"。

北大床底睡出的爱情

三十年前，在曼谷机场，在那个穿背心都燥得抓狂的下午，司徒邂逅了一个像中国画一样含蓄、值得一再回味的东方女孩。

遗憾的是两个人都要转机，他飞去希腊神庙采风，而女孩是飞回巴黎家里。

不过没关系，他们可以每天给对方写很长很长的信来"煲甜粥"。

当时他还在澳洲上学；而那个女孩，那个中法混血儿，正在北大留学，主修古代汉语。

秋高气爽时节，相思难耐的司徒逮住了一个组团来北京参观的机会。

他脱离大部队，甩掉了像007一样盯梢着他的中国导游，费尽周折来到北大，找到了朝思暮想的心上人。

东方女孩给他安排了一个很接地气的住处：睡在她北大集体宿舍铁架床的床下。亲耳听着她为他辗转反侧时，灰头土脸的他非常开心。

相聚的浪花，转瞬就凋谢在相思的大海里。他们继续纸上谈情。

司徒骥庄园里，骏马雕塑随处可见，或一飞冲天，或奋蹄驰骋。
三层黄屋，是司徒氏温暖的家

有一次，他给她寄去一首古诗，向她表白自己寤寐思服的相思，而与此同时，她给他寄来的，居然是同一首诗的后四句！相隔两个半球的他们拆开信的那一刹那，都流下了眼泪。

听到这里，我当然好奇：是哪一首诗呢？

司徒夫人胡老师拿过一页留有幽香的信笺，用功力深厚的繁体赵楷，横平竖直地默写：

誰言生離久。適意與君別。衣上芳猶在。握裏書未滅。腰中雙綺帶。夢為同心結。常恐所思露。瑤華未忍折。

后来，他向她求婚。他是艺术家，她是学者，他总不可能太直白。

一如既往，他求助中国古诗来表达"嫁给我吧，我会一辈子对你好的"。

北大女孩马上回了另外一首古诗，他看了以后，高兴地把她抱起来转圈圈，两个人哭着，笑着——南北半球终于团圆！

十年后，他的她在法国出版了一本《中国情诗百首》，纪念诗情洋溢的岁月。

胡博士原本想到艾克斯城谋一高校教职，未遂。她说，古代汉语对于法国人来说，实在太难了。

最后她只好大材小用，去中学教"a、o、e"、"点横竖撇捺"汉语初阶去了。

这要是传出去，容易让人误会：连普罗旺斯中学汉语选修课的教师，都是曾留学北大四年的汉语博士。

司徒很自豪地说，胡老师"在用自己的独特方式进行创作"，他并不需要一个整天泡在厨房的老婆。

混血大家庭"混"出幸福

司徒带着我继续在雕塑庄园里逛。

遇见一坡小竹林，竹翠叶茂，摇曳生姿。司徒说，这是他特地为岳父种的。

让广州来客惊喜的是，那位常画墨竹的老字号文人，居然是广州人！

他是西南联大的毕业生，当"驱除仇寇复神京"时，他没有"还燕碣"，而是去了美国芝加哥继续教育，研习经济，最后拿到了博士学位。

司徒塑的"普漂"毕加索黑白像

他去希腊旅游时，与一位美丽的巴黎姑娘情定爱琴海。

恋情遭到女方父母相当强烈的反对，但这对异国情侣还是在巴黎结了婚。

我们见到了这位稍带传奇色彩的老先生。

他梳着一个大背头，将军肚，白衬衣，熨得笔直的灰白裤——忠实地拷贝了主席晚年版的那身行头。

他操着年久失修的广州话问："广州近排系唔系要搞运动？"（广州最近是不是要搞运动？）

运动？我和同事对视一眼，说没有没有绝对没有，并郑重告诉老华侨：目前祖国风平浪静，水波不兴，风景很好，前景更美。

"无搞？点会啊！电视入边成日都响度讲广州要搞一场大运动啵。"（不搞？不可能啊，电视都报道说广州要搞一场大运动。）——老牌知识分子固执己识。

我们眼巴巴地看着胡老师。

小博士与老博士用法语嘀咕了一下，胡老师微笑地说："我父亲问，广州最近是不是要开运动会？"

天呀！他问的是亚运会，运动，运动会，字只差一个，意思可差太远了，比从普罗旺斯回广州的路还要远。

司徒说，两位老人为后代付出了很多，比如女儿喜欢中国文学，就把她送回北大留学。他们很感恩老人家的奉献。

胡老师这么比较：在中国，子女像是父母身体的一部分，如果出了什么问题，父母就有切肤之痛；而在西方，父母会给予子女更多的自由，让他们去外面自由闯荡，但这样一来，父母就不得不孤独终老了。

司徒接着说：包括法国在内的大多数欧洲国家的人，往往会把老人家送往养老院了事，但是我们选择的是亲手照顾老人，赡养老人给我们

中西合"柜"。（摄于司徒家一角）

带来充实感，因为我们能够对父母当年的付出给予回馈。

我听了很感慨，依欧洲惯例，司徒大可不赡养老人；依中华惯例，司徒大可不赡养岳父母——他的大舅子留学美国，现在是一家大公司的负责人，但他迈出了极其担待的一步。

胡老师轻声说，六十年前，一个巴黎女孩嫁给中国人——哪怕拿了美国博士学位的中国人，要面临诸多困难，包括家庭内部的，社会上的。

这种困难甚至"遗传"给了胡老师，她说，她的童年很不轻松，那时在法国的亚洲人很少，她很难融入社会。

这时司徒插嘴说：胡有一半法国血统，但是巴黎的人好像都不喜欢跟她说话，而愿意找我说话，哪怕我一句法语都不懂。

胡老师说："对法国人来说，我不是法国人；对中国人来说，我不是中国人。"

她非常向往唐朝，觉得唐朝非常开放，和现在的中国一样，不同民族、不同文化都能融洽共处。

在青翠的竹林下，看着千磨万击还坚劲的三代人，我欲言又止，任凭感动的浪花拍打心礁。

我问司徒：中、法、荷三个民族组成的大家庭，文化冲突大不大？

司徒回答：一开始的时候确实有隔阂，不过大家都很包容，很快就适应了。

司徒有一对十五岁的双胞胎公主。

她们的名字是外公取的，一个叫隐秀（Yse），一个叫绿绮（Daphne）。——瞧瞧这俩名，岂是一般人能取得出来的？

两个小姑娘长得并不怎么像，不过都美目盼兮，粉嘟嘟的，超可爱，她们正在跟妈妈学汉语，已经学会了羞答答地冲我们喊"妮豪"。

就读于艺术职高的隐秀会作曲。跟所有的中国家长一样，司徒夫妇并不"隐"秀，非常乐意让孩子为客人"秀"一把。

于是作曲家在88个黑白键上，叮叮咚咚演绎着自己的代表作。

司徒说：我们一直把孩子当作成年人来看待，他们可以自由地表达自己的观点，我们不是独裁者，不会要求他们做这做那。我的早年经历告诉我，父母们有时也可能是错的，我的艺术天赋不是我父母保护下来的，而是我参加比赛被别人发现的，我现在为人父，在这方面更应谨慎。

尽管司徒没有说更多，但感觉得出来，他对父母早年粗暴的家教介意至今。反过来，他对岳父母心存敬意，因为他们是"根雕艺术家"，能够顺着子女的根须天性去随机雕琢人生。

幸福：大拼盘？蝴蝶标本？

在我们的吁请下，夫妇俩畅谈了各自对幸福的理解。

司徒说：

幸福来源广泛，我会因为家人、工作感到幸福，有时候哪怕是好天气都能让我心情愉悦。

我们夫妇都酷爱唐诗，喜欢像葡萄酒那样入口香醇、回味绵长的唐诗，我们知己知彼，非常恩爱。

有孩子陪伴的生活，是非常美好的，有时候她们亲我一下，扯一下我的胡子，我都会幸福好久。

我喜欢我的工作，我享受创作的过程，同时也很高兴能以此维持生活，这是艺术与生活的平衡。当自己的作品被别人欣赏时，我会十分开心，我怀疑我的同胞凡·高从来不曾幸福过，因为他生前从未得到过他本应获得的荣耀。

每个人都有不幸福的时候，人不该让自己沉溺于不幸福的痛苦当中，不少人饱尝生活的苦楚，却依然能看见未来的幸福曙光，人就应当这样。

令我们不无吃惊的是，对于幸福的理解，娴雅的胡老师却跟达观的夫婿悬殊甚大：

刚才我和孩子们提到，你们要写一本谈幸福的书，她们就问我：妈妈，什么是幸福呀？

法国有句谚语，说装了半杯酒的杯子，有的人看到的是还有半杯酒，而有的人看到的是已经没有了的那半杯。我是个悲观主义者，可能生性如此吧。

（听后感：半杯酒——是为状态，无法改变；乐观的人看到还有半杯，悲观的人看到没了半杯——是为心态，可以调整。世界往往并不直接影响我们，每个人都是通过不同的"滤镜"来看世界，改变世界，好比蚍蜉撼树，谈何容易；而"滤镜"，却不难改变。）

一只翩翩在飞的蝴蝶，你抓住它后，可以用大头针钉住，让它成为墙上一幅美丽的画，但是，这时它已经死了。

所以，我觉得我们必须接受这个事实：幸福是飘摇不定的，它不会驻足。

英语里有句诗句，大概是说"须臾之喜，值得永恒珍爱"，生命中总有些时刻，我们感觉到好像有一只美丽的蝴蝶飞到自己身边，我们瞬间忘却了时空的界限，忘怀陶醉其中。

遗憾的是，这些幸福的瞬间，在一生中出现得并不多，我个人觉得，生活中八九成的时光是艰难的，这和你有没有一栋漂亮的大房子没关系。

你们在写书时，你们会展示生活中光彩焕发的部分，而生活中那些艰难的东西，你们却不愿展示，甚至不愿提及。

当然，在家教时，我们会尽量把灰暗面推开，只向孩子们展示生活中有希望的一面，我们不能让幸福的蝴蝶飞向我们，但我们可以像蝴蝶张开翅膀那样展开胸怀，等待它们飞来。

冰火两重天！他们夫妇是如此的不同，却又如此和谐！

在那个种族歧视严重的年代，敏感的胡老师变得更敏感，这种由家庭、社会联手施加的创伤不易愈合。而司徒的艺术发展，也从来不曾得到过家庭的祝福，但是他坚强地扛了下来，给抑郁寡欢的妻子营造了一个避风港，让饱经沧桑的岳父母得以领略夕阳红。

妙手雕艺术，铁肩担亲情，对艺术，对家庭，司徒都饱含高度的责任感。这样的人，自然梦稳心安，闻到幸福的幽香。

罗伯特的杯壁广告：
贝雷葡萄园，位于尼斯城西郊。

PROVENCE

罗伯特·幸福是玩出来的

Robert Cohendet:Play With Happiness

"我建议为我们葡萄园干一杯！今年的葡萄收成非常好！"

    罗伯特（Robert Cohendet），采访对象中最开朗、最耍得开的一位。不信您看他的签名，简洁、利落、开放、飞扬、活力勃发。

    今年77岁，老爷子的名言是："我觉得自己只有17岁，我已经忘了前面那60年。"

    法国里昂（Lyon）人，前IBM工程师，16年前退休，投身酿酒业，酒庄在普罗旺斯尼斯西郊。

    爱玩、会玩，开小飞机、漂流、躬耕于葡萄园，在天空、海洋、大地之间，生活艺术家发现自在人生。

罗伯特：幸福是玩出来的
Robert Cohendet: Play With Happiness

　　酒酣，耳热，法国香颂靡靡，夜幕下的尼斯酒吧刚刚醒。一个长得有点像圣诞老人的老人踏着节拍进来了，老爷子一开始并没有吸引到大家的眼球，但是！但是当他把一把笨拙粗大的车钥匙轻抛在吧台上、触发清脆一响后，夜店族登时惊呼：啊，兰博基尼！两个女招待、三个美眉冲了过来：呃——真的是兰博基尼耶！就这样，不用到平安夜，圣诞老人就被孩子们围成一团……

　　77岁的罗伯特跟我们回忆起这一香艳桥段时得意洋洋：

　　真好玩！他们居然不知道除了顶级跑车之外，兰博基尼还曾经产过拖拉机！

为大地工作16年

　　罗伯特开拖拉机，是因为他1993年从IBM退休后，正式成为了一个酿酒商，在尼斯西郊贝雷村经营着一家古旧的酒窖，耕耘着一片葡萄田，田园的那侧是山，山的那侧就是意大利。

　　他说退休后的生活，要比退休前的精彩得多。在这个冷硬的工业时代，种葡萄、酿酒，是"在大地工作，为人民服务"。

　　打理葡萄园时，看看天，看看远山，他觉得自己是大宇宙中的一粒有机分子。

　　他说自己并不是一个诗人，但是看到那颗葡萄不经意掉落地上、不知不觉长成一株新葡萄时，会感动上老长一段时间，这种感动，得一口接一口地抿粉红酒才能消解。

　　罗伯特出身于一个好几代都在卖种子的家庭，不过他不愿接班侍弄花草，而是上大学读工程技术去了，之后进IBM上班，一直干到60岁退休。

　　他跟我们比较说，当工程师是不需要面对客户的，埋头苦干就好；而现在他既要亲自动手，又要与人频繁沟通。工程师所做的，仅为长条工作链中的一小环，各就各位就好；而制酒，从种葡萄秧，到收葡萄果，到榨葡萄汁，再到酿葡萄酒，他都要全程参与，万一别人说不喜欢这个酒时，他会很伤心的，好比自己孕育的孩子没得到社会赏识。

罗伯特正开着兰博基尼拖拉机耕耘于葡萄园。一入夜，他就带着兰博基尼钥匙去泡吧，让美眉们以为开兰博基尼跑车的富翁驾到了。（程晓莹／摄）

之前，我们曾向普罗旺斯品酒师帕斯克请教选酒秘诀，他推荐的是小酒商酿的酒，理由是因为产量不会很高，所以每瓶酒下的功夫会更足。

罗伯特正是这样的小酒商，红的、白的、粉红的，他都在酿。他早已跻身尼斯市12家优秀酿造商之列，这让他倍感光荣。

他每年出产5000瓶酒，这个数字的意思是，他不能指望通过酿酒来讨生活。要发大财，就必须酿更多的酒，这意味着他得投入百分百的时间和精力。

不过他并不打算这么干，他要腾出时间和精力，来做一些同等重要的事情。

飞天三十载

心怀逸兴壮思飞，欲上青天揽明月。

1980年，50岁的罗伯特被派到美国工作。他的助理是一个飞行发烧友，天天鼓吹飞翔的极限快感。他受不了诱惑，开始学习开飞机。

没过多久的一个下午，教练突然走出驾驶舱，说好啦法国人你自己试试吧。他吊着胆为国争光，独立操机，飘飘悠悠飞天，还好，飞机最后安全地泊在海拔两千米的那片山顶青草坪上。

他平时玩的是"雏菊飞行"，就是环绕当地飞行，好比是在空中画一朵舒展的雏菊。雏菊见人世间多妩媚，料人世间见雏菊应如是。

他展开了双翼，悬游在另外一个世界，换个视角瞰人间，人间是如此的不同，自己是那么的渺小，又是那么的高贵。

就像酒鬼酗酒那样，他是那般地酗"飞"。人在高处，有时他会自觉孤独，不过那是一种轻盈的孤独，一种骄傲的孤独。

鸟儿飞翔，终有栖息时。飞机登陆，类似小车停泊，是个技术大难题。有一次，俯瞰大地春色后，他就近着陆山顶，孰料怪石嶙峋、狼牙交错，把他骇出一身冷汗。还有一次在河滩上落地，他没刹住，差点泡进冬天的河里。

他的美丽太太Vanw很不支持他开飞机——这是先生诸多爱好中她唯一拒绝参与的一项，不过子女们都挺喜欢飞行。他偶尔也会和孩子们一起飞，不过这样的情况少之又少，因为他不想把飞行的风险分给别人。

说到这里的时候，他笑嘻嘻地说不过对你可以例外，并在飞机前摆出一个邀请的POSE。我忙不迭地摆了十几次手来谢绝——我可不想第二天上报纸，也不好意思惊动领事馆。

迄今他已有三十年的飞行史，他每月都会飞上一圈。他每年都要例行体检，这样他才能继续持有飞行驾照。飞人自夸身体状态还非常好，常说自己只有17岁，他早忘了前面那六十年。

他告诉我们，尼斯有飞行协会，其中的老年会员有好几百呢。

"漂泊"一生

罗伯特另外一大嗜好，就是航海。每个周末他都"下海"一次。

罗伯特家外景。

他从小就开始下海。航海时，他漫无目的，就像一个漂流瓶，不知道自己将漂到哪里去，那种"一切皆有可能"的茫然，让生活变得如此有趣。

他曾在地中海随波逐流，飘啊飘，一抬头，就看到了希腊的橄榄林青翠。

有时一叶扁舟游弋海上，天黑了，人也累了，就把船儿靠岸，随便找个地方支起帐篷呼呼大睡，直到金子一样的阳光把他拍醒。

他说，大海的力量是那么的澎湃，在海上有时会遇到麻烦，他因此学会了自强。

他说他喜欢金色、蓝色、紫色，这是太阳、长天、葡萄园的颜色。

大海是蓝天在大地上的倒影，天上云卷云舒，人间浪奔浪流，绽放着自由的心花。

每月翱翔蓝天一次，每日躬耕田亩一回，每周冲浪海洋一轮。天空、大地、大海，三位一体，罗伯特悠游自在于其间，这需要一份比天、比地、比海更广阔的心境。

开不开心跟钱没关系

我讨教：幸福跟金钱的关系密切吗？

他肃容答道：

你在阳光下游乐，这需要用到钱吗？你花三两个小时在家里休闲，这需要用到钱吗？我有些穷朋友，什么都没有，就是喜欢结群爬山，爬得不亦乐乎。人如果有些兴趣爱好，整个生活就会充实很多。幸福与金钱没关系，反倒是当你把金钱和幸福挂钩时，可能会失去很多很多东西。

他强调说，人不能追求太多。他认识的一个人是玩游艇的，买了艘大游艇后，刚开始是显摆半天，接下来却嫌这嫌那，结果没到一个月就又换了一艘新的。这样的想法和做法，无疑是很败坏心情的。

罗老伯不止是独乐乐，也众乐乐。

他玩地滚球（la pétanque，源于普罗旺斯的一种古老运动），这种运动风靡法国南部，像保龄球那样抛掷，像高尔夫那样打进洞。它不拘男女，老少咸宜，资深玩家并不比新手占多少便宜，从这个角度来说，它挺像麻将，不过咱们玩麻将时，多多少少有点堕落感是不是？而地滚球则不会。

罗伯特说，这项运动的魅力，在于可以把亲友们聚在一起乐。那种赢了比赛就老是笑话别人的人是非常糟糕的，游戏不就图个乐呵吗？

他的子孙有的在尼斯，也有的在巴黎，他们每个月都过来大团圆一次，这时候通常就会玩玩地滚球。

他惋惜地说我们来迟了，就在半个月前，葡萄紫了，他们一大家子都赶去葡萄园。最大的已77岁了，最小的才5岁，从早忙到晚，园里洒落一串串的欢声笑语……老爷子的心情很靓！

罗老伯一直玩得很疯，而且他总是带着家里人一起玩——这，莫非就是他能一辈子都玩得很high的秘诀？

罗家的经好不好念

这个法国男人说了一句让我们动容的话："我很关心孩子们，我知道孩子们将来也会这么对待他们的孩子的。"

——翻译成文言文，就是：幼吾幼，吾幼将幼吾幼之幼。

他有三个子女、八个孙子女，算得上子孙满堂。罗伯特说，他之前总希望子女们过上和他相似的生活，比如他期待大儿子跟自己一起来打理酒庄，事实上儿子也是这么干的，但是，儿媳妇百般阻挠，她不乐意像个农民一样奔波于葡萄园。还有，大儿子是他跟前妻生的，他现在的妻子坚持认为，酒庄是她嫁罗伯特时带过来的，只能留给她跟罗伯特生的小女儿。

罗伯特开始尝试去理解孩子们想要做的事，并且努力帮助他们去实现——哪怕他自己对那些事情毫无兴趣，

最近，他刚帮一个孙子搬进新居。罗伯特说他很乐意帮这个忙，因为要是不援手的话，孙子就会面临困境。孙子想成为一个艺术家，他弹吉他，创作音乐。罗伯特说，现在只有我们知道他，到全世界都知道他的那一天，估计得花不短的时间吧。他笑呵呵地比划了一下长度。

他说，如今在法国，孩子们都不怎么知道自己的人生目标，当他们被问到喜欢什么、喜欢做什么的时候，都不知道该怎么回答。这是十分麻烦的。

他的另外一个孙子就让他很纠结。孩子面临很大的问题，没能完成学业，对一切不闻不问，也没有出去做事。罗伯特沮丧地说，这太糟糕了，但他又不能介入，他不愿意跑过去指手画脚，让孩子做这或做那。这件事，严重降低了他的幸福感。

罗伯特酒窖的工家们正在休假。

罗伯特家内景。

看来真是家家有一本拗口的经啊！我们安慰他说，中国有两句古话：解铃还须系铃人；儿孙自有儿孙福。他叹了口气，点了点头。

友谊地久天长

最后，罗伯特夫妇带我们参加唱歌派对去。

在路上，罗老兴致勃勃地说，唱歌特别有意思，尤其是独自一人的时候，你可以纵情高歌，放肆地表达自己，没有人会对你不满的。就像开飞机、航海一样，唱歌给了他那种自由自在的感觉。自由对他来说实在太重要了，在他进IBM前，曾服过兵役，那是他幸福感比较差的三年。

他们一帮老友每周二都搞唱歌沙龙，近期他们组团四下表演，乐团的名字叫"歌唱与和谐"，主题是保护土地和水。

罗伯特跟好几个团员的友谊史都满50周年了，堪称"金情"。他们热情的贴面礼，让我想起一句余韵绵长的陈年老话：青春赋予我们爱情和玫瑰，年岁给了我们朋友和美酒。

罗伯特笑容满面地介绍说："这是来自中国的朋友，他们寻找幸福来了，他们认为幸福就在咱们普罗旺斯，我赞同他们的看法，这里是世界上最美的地方，这里有世界上最好的人。"

我们看到了一张张被岁月的砂纸磨得很平和的老面孔，听到了一声声真挚到无需翻译的掌声语言。我仿佛陷入了一张松软的老沙发，被一种暖暖的气场包裹着。

我曾邀请一个在穗的香港文友去看《唐山大地震》，他谢绝了，说只要还有选择，他不想接触任何"负"事物；要是我请他看贺岁片，他一定欣然赴约。他家里从来不挂"枯藤老树昏鸦"的画作，要挂就挂"小桥流水人家"的。交友亦然，他从不跟衰佬来往，不是嫌贫，而是可怜之人必有可恨之处，衰佬身上弥漫着一种灰色场能，其言其行，怨天尤人，云阴雾凄。这种自我打折的"负"气质，是一种烈性传染病，他自认为免疫力一般般，所以坚决隔离之。

想起港客的怪论，我又看着面前这群达观、恬淡、精神的老人，若有所思。的确，负责任的人应当注意"公共卫生"，别找人喋喋不休地诉苦——苦是二手烟，能让听众慢性中毒。

"歌唱与和谐"乐团派对。
终于轮到咱们的罗伯特压轴表演了！（梁文彦/摄）

　　如果对自己要求更高，应该效法芬芳的素馨花，它被尊为巴基斯坦的国花，根据伊斯兰教的教义，人们在他人面前，必须散发出令人愉快的香气。

　　终于轮到我们的罗伯特压轴表演了，我们高兴得把手掌都拍熟了。

　　嗓音透亮近似费玉清的老爷子，为东方客人献上一首《尼斯之歌》——

啊 我美丽的尼斯

花朵的天堂

在你的屋檐旁

我常常歌唱

你那美丽的风光

你那绿色的山峰

你那金色的灿烂的太阳

我常常歌唱

你那紫色的葡萄秧

你那艳蓝的大海的浪

你那纯洁的天空

我常常引吭

在我自己的歌曲当中

美丽的尼斯最难忘

亚麻就材料而言，并不老挺华丽；就色泽而言，亦不鲜艳夺目。不过，它自有其独特质感，自然、透气、耐磨、抗过敏、防静电。

PROVENCE

伊迪斯·幸福是一针针织出来的

Edith Mézard: Stitch By Stitch, Sew Up Happiness

Edith Mézard

Mézard

Edith Mézard

　　伊迪斯（Edith Mézard），她或许是采访对象中最平淡的一位，不过淡得有余韵。

　　普罗旺斯土著，高特（Goult）村亚麻作坊主，挚爱乡村生活。

　　亚麻般的天然气质，小资，淡定，活得很有品位，刷新了我们对小店老板的固有印象。

伊迪斯：幸福是一针针织出来的
Edith Mezard: Stitch By Stitch, Sew Up Happiness

不是每个女人都是超现实主义摄影家，不是每个女人都跟天底下最火的画家好过，不是每个女人都耗上三分之二人生在守望一段超现实的无望情感。

朵拉（Dora Maar），有，且只有一个。

在普罗旺斯山村，普遍是普通的女子，比如说伊迪斯。

她为我们打开了一扇窗口，让我们往里边探头，瞅一瞅最平凡的普罗旺斯人是怎么过日子的。

伊迪斯并非本村土著，而是十公里之外另一个村的。

二十年前那个暗香浮动的黄昏，她闲逛时路过高特，对这个村子的老宅一见如故，当即决定"移民"。

她跟我说，法国的房子都很老了，而这一带，正好是典型的老房子区。

她买下了那间她最爱的房子，开了一家前店后坊式的亚麻铺子。

她一共雇了十个人，八个在二楼作坊忙手工，两个在首层店面搞销售。

中国谚语教导说"人无笑脸休开店"，而伊迪斯虽不至于"拒人千里之外"，但肯定不算是那种笑容可掬揽客的老板，她和店员，看到顾客后，并不比一个正在晾衣服的邻家媳妇看到你时更热情。

我喜欢这种氛围，因为我只想看看，不想买。

"尘世间那些爱我的人们/用尽方法想掌握我/但你的爱不同/你的爱让我自由。"（泰戈尔）

我看了看，净是些床单、被单和桌布，也有衣服、手帕。摸了摸，有一种令人踏实的糙感。我想，铺在床上，穿在身上，揉在手中，一定很舒服吧！

时尚王国流行时尚。在整个法国，这种低效率的纯手工作坊基本上绝种了——后来我在卢尔马兰村（Lourmarin）又见过一家。伊迪斯的员工，基本上是她这样的中年女子，此外还有两个阿婆。

　　因为之前采访过一拨广东民间工艺文化传承人的缘故，我对传统工艺比较敏感。这些灰不溜秋的亚麻品，仿佛笼着一层暮色，传统文化的暮色。在18世纪的法国，已婚女子流行用亚麻刺绣；而到了今天，亚麻刺绣已然罕见。

　　我稍稍有点纳闷，欧洲四分之一是乐活族，乐活族的标志之一就是穿棉麻衣服。既如此，亚麻铺怎会孤寡成为特色店呢？

　　她说，这是一门女人的手艺，是外婆传给她的，她妈妈不会，因为她妈妈年轻时正赶上崇尚妇女解放的年代。

　　我疑惑地问：您为什么要孤独地"反时尚"呢？

　　她说没有特别的理由，只是因为喜欢。

　　她的这一点就跟我们之前在岭南乡下采访过的工艺传承人不一样。那几位末代传承人，都在为眼睁睁地看着传承链要断在自己手中而夜不能寐，自觉愧对列祖列宗。相比之下，伊迪斯就宽心得多。

　　我重新打量起这个高特村女子：

　　高、瘦，恬淡，不施粉黛，一副宽边眼镜，一袭无袖亚麻衫，宽宽松松。

　　亚麻就材料而言，并不笔挺华丽；就色泽而言，亦不鲜艳夺目。不过，它自有其独特质感，自然，透气，耐磨，抗过敏，防静电。

　　十年前那个暗香浮动的黄昏，伊迪斯闲逛时路过高特，对这间老宅一见如故，当即决定买下，拿来开亚麻铺子伊迪斯，正是亚麻般的女子；

联想进行时：高特村，亚麻般的山村？

又想起《五灯会元》里的飘逸陈述：

雁过长空，影沉寒水；雁无遗踪之意，水无沉影之心。

她说，光顾本店的，都是品位比较好的人。

她指了指门口上的那个不刻意看还真不会注意到的店LOGO，说，知道"亚麻手工刺绣"的人，自然看得懂这个LOGO；不认识这个LOGO的，一般不会对她们的产品感兴趣。

我想，这有点像年画——年画不是画，欧美游客，总不会大夏天把红彤彤、黑乎乎的尉迟将军贴到床头吧。

伊迪斯告诉我，客人来店里基本上是订货的。比如客人因某件事要答谢朋友，就会在方巾上绣一些字，绣一些有特殊含义的字。

我又摸了摸微微有些糙的亚麻，心念一动：何不整一方刺绣带回家呢？

打听了一下，一直到我告别普罗旺斯，字都来不及绣好，真是慢生活、慢工作、慢心情；还有，这些低碳产品之高价，令我面不改色心狂跳。——突然觉得，非手工产品，并非一无是处。

除了偶尔去一下巴黎，伊迪斯很少外出。

出生于此的人，再也无法适应其他地方。——这是塞尚（Paul Cézanne）对至爱故乡艾克斯的评价，可移用到伊迪斯的身上。

她很喜欢普罗旺斯，说这里的颜色非常漂亮，而颜色是很重要的。

问她：那您觉得普罗旺斯的代表颜色是什么？

她说：普罗旺斯是一个很大的地方，可能大家只熟悉薰衣草的颜色，其实这里还有很多色彩。比如这里有黄色，那种很特别的黄色，向日葵的颜色；还有些山村是很不一样的红色（她指的应该是鲁西永镇）。每个人都说薰衣草是紫色的，我觉得那不是纯正的紫色，是那种蓝色、灰色相溶的那种感觉。总之我认为，不能以某种颜色来代表整个普罗旺斯。

她又说，这里地广人稀，住在这儿很轻松，没什么压力。这里天气很好，虽然到了夏天全世界都会很热，但普罗旺斯的热，不是那种让人抓狂的酷热。

她提到，她丈夫每天会去三里外的一个地方喂驴……

喂驴？

我听说后很是好奇！因为骑驴远足，业已成为法国人的新时尚。

亚麻作坊的围庭

　　大概三十年前吧，一位创意独特的退休大叔，骑着毛驴"慢"游祖国大好河山。"张果老"一月走红，他的驴友博得粉丝赠名——"无可指责"。人们大为振奋（汽车司机例外），纷纷模仿秀。如今法国可以租到这头低碳环保交通工具的地方超过200处，"无可指责"的同胞多达8万头，真可谓原"牲"态！

　　我虽然好奇迪伊斯的先生是不是开了家"张果老圆梦工作棚"，但无意"成仙"，因为我坚信"四个轮的要比四条腿快一点点"这个真理。

　　导游王老师说，最有智慧的"张果老"两袖清风，直接把一串胡萝卜挂在驴唇之上、驴眼睛之前，笨驴以为走前一步，萝卜就会到嘴，于是一步步向前走，嘴愈要咬，腿愈往前赶，就这样不知不觉走了一程又一程。

　　幽默的他说完之后，等了很久都没听到我的笑声。

　　有口难笑啊。听着听着，我悲从中来：自己不正是一头笨驴吗？

　　年复一年被挂在眼前的各种"胡萝卜"引诱着，奋蹄冲完一程又一程，难得浮生半日闲。——"再也没有比那些只顾自己鼻子尖底下一点事情的人更为可悲的了。"（卢瑟福）

　　想到这里，我开始由衷羡慕起伊迪斯来。她知道自己想要什么，她得到了她想要的。——鲁迅先生不是说过吗：如愿便是幸福！

　　如果把幸福比为一件衣裳，有人喜欢袒胸露乳的皇帝新装，有人喜欢巧夺天工的绸缎旗袍，有人喜欢磷光明灭的夜店秀衣，有人喜欢威风凛冽的单位制服，有人喜欢宽松透气的亚麻长衫。我不赞成从中分出个境界高低，不过，某些衣裳的确更低碳，也更低价。

或许有朋友会说，伊迪斯这种活法好比白灼生菜，有何幸福可言？

这个问题，我提请巴特勒来回答：在我们没有明确地感到痛苦的时候，那我们大概就算是相当的幸福的了。

伊迪斯的店铺总是午睡后才开，到了晚上六点半（噢不对，这是中国地理。在普罗旺斯，六点半根本还不晚），她会去游泳，仰躺着，看着天上浮日慢慢消火；八点半她吃晚饭，她儿子开了一家餐厅，她有时去那里吃。——一家三口，喂驴的喂驴，卖麻的卖麻，开馆的开馆，各忙各的。

要是本村或隔壁的奔牛村（Bonnieux）、拉科斯特村有音乐会的话（托皮尔·卡丹他老人家的福，每年7、8月都有），就去听听。久不久在村里看场电影。

我提问：您认为什么是幸福？

她回答说：早上醒来健健康康的，就是幸福；你看到老公孩子好好的，也很幸福；完成工作当然幸福。这些琐碎的小事，一针针编织成为大幸福。

我们又问，高特村的年轻人在玩些什么呢？

她说他们会去海边玩，会打网球、踢球，也会去看看电影、听听音乐会什么的，有时还会搞派对，但他们没有夜店可以去。马赛那样的大城市有很多夜店，但是吕贝龙这个地方是不怎么有夜店的。

是的，在普罗旺斯乡村，日为昼灯，月为夜灯，日落而息，月照即眠，人们按照自然规律起居；而在灯城巴黎，城里的"神说，要有光，就有了光"，灯点燃了灯，夜照亮了夜，人们抻长了白昼，夜以继日地狂欢。霓虹

二楼，纯手工作坊。

帕斯克遍尝方圆百里酒窖，"酿"成一本沉甸甸、葡萄色的酒谱。

PROVENCE

帕斯克··宁静生活，让幸福万年长

Pascal Vincent: Peaceful Life Leads To Eternal Happiness

帕斯克（Pascal Vincent），采访对象中最推崇乡村慢生活的人。

从渔寨到大巴黎打工，奋斗成为备受尊敬的品酒师。

终不堪城市文明病折磨，八年前携妻、子弃城。

现居普罗旺斯梅纳山村，在岩城戈尔德上班。

自觉当下幸福感盎然。

帕斯克：宁静生活，让幸福万年长

Pascal Vincent: Peaceful Life Leads To Eternal Happiness

第一次见到帕斯克时，他正带着像女孩子一样漂亮的两个儿子在逛村——从这个村，施施然逛到那个村。

梅纳村的伊夫村长喜出望外，赶紧叫住他，回头粲然一笑：你们不是想找从大城市来小镇工作的人聊聊吗？

于是橡木桶般结实敦厚的帕斯克，拽住像野马一样闹腾的男孩们，跟我们聊了起来。

伊夫村长高音量介绍：他是巴黎来的，曾在全世界最顶尖的餐厅当过品酒师，出过五本有关葡萄酒的书，现在一家子都住在梅纳村。

"知青下乡"？又一例"彼得·梅尔（Peter Mayle）"？

从打工仔发酵成品酒师

帕斯克出生在布列塔尼的一个滨海小村庄，布列塔尼人是法国的少数民族。

如果把法国比为一只慵懒的海龟的话，那么有着"野性和原始状态"的布列塔尼（Bretagne），正是这只龟的左前爪。

中学刚毕业，没满18岁的他离乡闯荡。

从服务员做起，到酒保，再到品酒师，"我觉得我从事的是全法国最好的工作，"他自豪地对我们说。

村长插话：你们知道，大厨在我们法国是非常受尊敬的，而品酒师的地位与大厨相当，也是餐馆的灵魂人物。

帕斯克在巴黎奋斗了15年，他在很多顶级餐厅都工作过，其中包括埃菲尔铁塔首层的餐厅、香榭丽舍大街的四星级餐厅。

酒为媒，让他结缘爱侣。

1988年，春暖花开时分，还在上学的伊敏（Isabelle Vincent）和两个女同学去喝酒，她们没什么钱，就把一杯鸡尾酒分开三小杯。姐喝的不是酒，是情调。

不厌其烦的含笑酒保，让她悄悄地多看了两眼；秀丽文静的她那梦一样幽深的眸子，让酒保斟酒的手在微微颤抖。

女伴们嗅到了爱情的醇香，在她们的起哄下，他和她开始交往，感情丰满、表情羞涩，他们就像那瓶还没有醒酒的新酒……

压力·山大

听到这里，我很艳羡：这很好嘛！

不不不。帕斯克沉重地说，总体说来，他在巴黎的日子很不快乐。

为什么呢？他如是概括：工作太忙，住处太挤，交通太远。

他这只陀螺，被生活的鞭子抽得滴溜溜地转。

他在埃菲尔铁塔底层的餐厅斟酒六年，两千多个日子里，他从未"凌绝顶"，一览首都美。万象巴黎城，大千浮"市"绘，他们没时间，更没心境去品味，他们甚至没怎么下过馆子。

他们虽然同居一室，但很少见面。——听到这的时候，我有点狐疑：这句话好像带点语病吧？

没错，我们很少见面的。好脾气的帕斯克很耐心地解释：我总是夜半三更才回来，睡到中午才上班去，而伊敏一大早就出门了，她那时在一家超市当售货员。

他住得太逼仄。

上满班后，他披星戴月回家来，巴黎雅号"灯城"，万家灯火通宵不眠，昼夜同亮，身心俱疲的他只顾低头赶路，终于到家了，公寓楼很小，出租屋更小，四十平米的小天地。

帕斯克沮丧地说：住在这样的小房间里，你看不到户外的风景，也没法知道邻居们在干吗。

租来的人生，喑哑的岁月之弦。

更让他长吁短叹的是交通问题——巴黎城房子的租金就像埃菲尔铁塔那么高，只好住到郊区去（法国40%人是租房族）。搭地铁上下班，来60分钟，回60分钟，每天花上两小时在大地之下面面相觑、拥拥挤挤。

帕斯克十分痛心：这太浪费时间了！人一生也就是八九十年的光景，你有多少青春可以在地铁上耗光呢？

　　千禧年，相恋十二年、同居十载的他们结婚了，他们本无计划这一年成家，突然结婚，是因为伊敏突然怀孕了。

　　很快，大儿子路易（Lious）哇哇现身四十平米天地，公寓的房间挤得更小了，生活的节奏拍得更急了。

　　此时帕斯克出现了健康问题，医生说这是心病，压力太大，建议他换份工作。他尝试过，但于事无补。

　　10月到12月，是巴黎城的淅沥雨季，他再也看不见太阳，心底爬满了青苔。

　　巴黎，巴黎，他巴不得马上逃离！

下乡上山

　　山穷，水尽，柳暗……何时才能花明？

　　2003年！

　　帕斯克的老板决定到外地开酒店，当问谁愿意一起走的时候，一贯老成温和的帕斯克立马——就像前蹄立起来的马——嘶鸣着呼应，搞得老板对自己的号召力十分吃惊。

　　是时，他不知道、也不关心具体要去哪个地方——只要能离开见鬼的巴黎，上哪儿都成！

　　就这样，他来到了普罗旺斯。

　　时值隆冬，吕贝隆山区雪花大如席，万径人踪灭，内向的伊敏本来就很不赞同下乡，这么一来，她的脸上更是冷若冰霜。冬风破，夜长，石屋里，对坐着三个沉默寡言人。

　　当然，三口之家与普罗旺斯的磨合期很快就过去了，他们欣喜地发现，巴黎压制他们的"三座大山"，被普罗旺斯静静地推翻了！"忙、住、行"诸难题迎刃而解！

　　帕斯克再也不忙了。

　　他居然有空散步了——这是他寤寐思服的运动，他慢悠悠溜达到山上，嗅着树林才有的绿色气味，也鸟瞰山下翡翠般的葡萄园，还摊开手掌，辨认树枝筛下的阳光斑点，静极思动，他在小径上一路小跑，惊起鸟雀纷纷飞。

　　他更沉湎于跟孩子们游玩，每到周末，他总会带上两个宝贝儿子，

日上三竿，帕克斯所在的岩城五星级酒店仍虚席以待。
普罗旺斯，一个浪费得起时间和空间的地方

驱车到附近的爱普特市（Apt）露天公园疯一疯。最近，爷仁都对滑板兴趣盎然，在池里撒点野，风驰电掣的感觉真HIGH，他们乐不思家。

宅在家里的伊敏则独乐乐，她现在是村长伊夫（Yves ROUSSET-ROUARD）的秘书，性好静，从巴黎带来了塞纳河"左岸"气质，时时沉浮于书海，为主人公之喜而喜，为主人公之悲而悲。

帕斯克住得足够宽敞。

他说，在巴黎，50平米的房子，要是一家三口住的话，就跟酒们挤在酒窖里差不多了，而在梅纳村，同样的价钱可以住上100平米的房子，还带私人泳池、洒满阳光的小花园，他时常流连花园，松松土，扶扶枝，走走停停，惬意上好半天。

延伸的托盘空间，比如红花园、绿草地，就像是衬着汤圆的糖水，能让心灵舒展、润和。而家徒四壁的逼仄的巴黎出租屋，就让人憋得慌。

推而广之，一座城市，如果没有花园、广场区，会让居民精神空间逼仄；我们一鼓作气把这个常识涟漪般扩大：一个国家同样如此，普罗旺斯，不是有"法国后花园"的美誉吗？——现在的普罗旺斯，甚至隐然有成为全世界精神花园的趋势。

如果空间面积无法扩容，那么人们还是会另开乾坤，比如旧时大户人家的照壁，现今公寓住户的"玄关"——与其说是藏风纳气，不过说是缓冲外来冲击。

空间如是，那时间是不是也一样呢？我们是不是也需要腾出日子中的"花园时段"、"广场时段"呢？

同样让帕斯克非常满意的是，上下班时间大大缩短了。

这里不会堵车，这里不用挤地下铁，这里不见人头涌涌，这里不需每天在车上孵蛋似的来回孵上两个钟。

他自驾车，10分钟就能赶到酒店上班，唯一耽误他一点点时间的是，他不时把车窗摇下来，跟熟识的或者不熟识的擦车而过的"路友"问声好。

道路两侧，不见花花绿绿的广告牌，只有绵绵不绝的葡萄田，他慢慢地看着葡萄叶变绿，变黄，变红，潜听着这一阕无声的四季交响乐。

工作醇香

帕斯克的工作，分三大块：选酒、荐酒、斟酒。

选酒，就是为餐厅选拔美酒。他是一个酒探，四下探访好酒。他奔波在漫山遍野的葡萄田里，他流连于方圆百里的酒窖中，他行走于葡萄美酒的"探索·发现"之旅。

去各个酒庄品各种酒，是他工作中最有趣的部分。帕斯克随身带着一个小笔记本，上面涂鸦着他自己才辨认得清的帕氏符号。这些符号是判决书，裁定酒们谁能入住帕斯克供职的岩城五星酒店。

他赏识小酒商酿的酒。他们和他一样，爱葡萄，爱葡萄酒，爱这一份工，每瓶酒下的功夫会更足。

他平均每天会品上二十多种酒。他说自己是个国王，葡萄酒王国的王，酒就是他的后妃，他选秀选出来的妃子，存放在"三宫六院"——酒店的酒窖里。

最能体现一名品酒师水平的，就是那本厚厚的酒谱。摊开紫红色的"群芳谱"，帕斯克大帝的八百多位"贵妃"嫣然在列——每一位妃子的风情，他都亲自领略过。

回到酒店后，他就成了一名荐酒师，根据客人的菜单，推荐相应美酒，为他们用餐营造最美妙的感觉。

配酒是一种艺术，这里头的学问大了去了，不同的佳肴，需要不同的美酒伴侣，他和她之间，是一种乘法关系，至于乘出什么口感，品酒师才了然于胸。

帕斯克"保送"一瓶酒后，会跟客人们淋漓尽致地作介绍，介绍那位酿酒者的"前世今生"，介绍那瓶葡萄酒的来龙去脉。

接下来，他就退为一个酒店服务生，为按捺不住的客人斟好酒，邀请他们尽情品鉴温润的艺术品。

幸福的一家子

帕斯克感慨地说：如果你每天早上不能带着微笑去工作，那还不如不工作。

如果帕斯克仍待在巴黎，他是否能"每天微笑着上班"呢？

改变能改变的，接受不能改变的。如果去不了期待中的"普罗旺斯"，只能待在现实的"巴黎"，仍能像"微笑姐"那样笑对生活的人，需要境界，需要情怀，甚至需要勇气。

去日不可追，来日方长，活在当下！

帕斯克一家来到普罗旺斯后，他们在巴黎的亲戚会不时过来走走。

帕斯克在这儿的幸福感，比在巴黎时强多了。——这是他的大姨子说的。

她说，她的妹妹、妹夫在巴黎时很忙，根本无法挤出时间经营家庭，到了这里后，他们才有时间留给彼此，留给孩子，他们为当初选择离开巴黎感到庆幸，他们现在过的，是一种有机生活，宁静，简单，幸福。

眉目如画的大姨子相当健谈，跟她讷言的妹妹伊敏大不同。我们虔诚讨教：有人认为金钱是幸福的来源，您对此有什么看法？

"不，我不这样认为。"她轻鄙地说，"我们并不是野心家。重要的是和家人呆在一起，共度好时光。而钱再多，也不一定幸福。"

她接着说："如果可以选择的话，我也会来普罗旺斯山区定居。当然，如果我们离开大城市，还有同样高的生活质量，那就更好了。"——我讪笑了一下：说说而已！这位迷恋"高的生活质量"的漂亮女士终究没有放弃大巴黎，不是吗？

扪心自问：离开北上广，我愿意吗？

配酒是一种艺术，不同的佳肴，需要不同的美酒伴侣，他和她之间，是一种恋爱关系，至于乘出什么口感，品酒师才了然于胸。

　　帕斯克的大儿子路易并不羡慕巴黎来的小表弟。

　　我们问他，你在巴黎待了三年，那儿给你留下什么印象？

　　巴黎很窄。——太有才了！大诗人的料！如果他回答说"房间很窄"，那充其量只能当个报告文学作家。

　　你喜欢这里的什么？

　　我喜欢大自然，喜欢森林，喜欢我们的大房子。——这是小路易的话，原汁原味，不增不减。

　　巴黎三载，给他的伤害太深，以至他"普罗旺斯"了六年，仍郁郁寡欢。而他的弟弟，2005年降生在普罗旺斯的玛提斯（Matis），明摆着就是他的反义词。

　　哥哥有多忧郁，弟弟就有多乐呵。弟弟甚至可能患了传说中的多动症，门前有一片田地空旷，这个童工拿着一张耙，像猪八戒，在笑嘻嘻地犁啊犁。

　　他是一个跳跃的音符，激活了原本是小夜曲风格的小家庭。

　　我最爱逗小孩了：来来来，给叔叔阿姨背一首诗！

　　他还真背，且声情并茂："有一只小猫，它不吃老鼠，它只爱吃巧克力……"

　　这只巧克力小猫真幸福，这里的小朋友更幸福。

　　往下，要列出一串我破译的时间密码——中国小朋友请注意影响，请保持冷静，请不要尖叫：

　　6-2-6-2　12、45、　0.3-0.3-0.3

　　"6-2-6-2"的意思是，梅纳村的小朋友们学习6周后，休假2周，接着学6周，再休2周……如此周而复始；

今午他依旧自驾车上班去，"游"过绿色海洋时，准意到了万绿丛中的那一朵红浪花。哦，一夜之间，野紫粟花就开了

"12、45"的意思是，赶上学习的那一周，他们仅周1、2、4、5上课，剩下三天休假；

"0.3-0.3-0.3"的意思是，赶上学习的那一天，早上讨论为什么小猫不吃小老鼠？之后是聚众踢踢球，下午齐齐玩过家家。这个三段式爽不爽？

——中国小朋友，你们现在的表情，告诉了我什么是"羡慕嫉妒恨"。

帕斯克觉得吕贝龙山区的教育，比巴黎那样的大城市更好，城市大，学校也大，每个班得有四五十名学生，但这里的学校，每个班最多只有二十个人，小班教学，便于教师照顾到每个孩子的需要。

在中国，很多家长会强迫孩子去学钢琴、小提琴之类，法国呢？

帕斯克说，家长普遍认为，体育锻炼更加重要，而音乐只是选修课、兴趣课。

他经常鼓励小哥俩踢足球，他认为这是一项团体运动，他们从中可以锻炼协作能力。身心健康，远比文化课成绩来得重要。法国学校禁止当众公布学生成绩，更没有成绩排行榜。

哥俩一个静如处子，一个动若脱兔，倒也动静相宜，相映成趣。

他们有三个"奶奶"，一个是外婆，一个是祖母，还有一个是近邻阿婆。阿婆高寿九十五了，很喜欢这两个漂亮小鬼。小朋友特不把自己当外人，常过去蹭吃蹭喝，完事了还捎带半瓶橄榄酱、三两个甜瓜回家。

帕斯克说到这儿时很动情：大城市都有这样的问题——人很多，但想找个可以谈心的朋友找不到，而在梅纳村，我们和村民就相处得十分融洽，我们终于找回了久违的温暖。

对于现在的生活，你还有不满意的地方吗？我们羡慕地问。

没有，真的没有，我喜欢这里的一切，这里的天气，这里的人，安静的生活，古老的小村子，没有任何压力，普罗旺斯的太阳，比巴黎的灯海——晚上的太阳，要更灿烂，更自然，更温暖，在这里生活，优哉游哉，就像度假一样。

我不能改变生命的长度，但是，在普罗旺斯，我有幸改变了自己生命的密度，可以肯定地说，我这一辈子都会扎根在这里了。

他们爷仨邂逅我们时，正打算外出买菜去。

哥俩上学时吃了一道菜，回到家赞不绝口。爸爸于是打电话给学校的大厨，虚心讨教了具体做法后，准备亲自下厨，与大厨PK一餐。

这道菜的食材是胡萝卜、蘑菇、番茄和牛肉。胡萝卜就在梅纳村里买，蘑菇去乙村买，番茄去丙村买，牛肉再去丁村买。——为做一餐饭，奔走三四个菜市场，这也太费时间了吧！

"您这是巴黎思维，"帕斯克说，"我们这里没有一应俱全的超市，但是我们有的是时间，有的是心情。买菜，就当是全家秋游吧，这样的购物，就像是在游玩，很有意思的。"

帕斯克接着说：去外村选有机果蔬，路是远了点儿，价格也不菲，但它们很新鲜、零污染，对小孩子身体更好，对不对？很多菜农是"前店后田"，他们的大菜园，就在小直销店的后面。他们的人很好的……

真是幸福的一家子！

我羡慕地看着，例行公事地发出"收官"之问：您是怎么理解幸福的？

品酒师忽然才情横溢地说：我不说话，画画可以吗？

当然可以！于是有了您现在看到的这幅画。

他画的，正是他们家在梅纳村的房子。

看到老两口了吗？

看到小哥俩了吗？

看到那张桌、那瓶酒、那杯粉红的心情了吗？

看到……

生命的最高达成是拥有一种音乐的品质，应如李斯特指尖流淌出的
《爱之梦》，独自悠游海岸，感受恬静时光……（摄于司徒骥家）

卷三　幸福的节奏

The Rhythm Of Happiness

普罗旺斯人家，享受慢餐生活，用餐时间为国人的两倍。

PROVENCE

Slow Down

放慢脚步

放慢脚步
Slow Down

夜已深，羊城春夜，稍许凉意，人未眠。

告别那片薰衣草般恬淡的土地快半年了，脑海中，那些无数温馨恬静、柔情涌动的画面，坚强地拒绝化为文字。

窗外，树叶轻舞。

时针已超越深夜十点，向着十一点靠近……

对面房间里，儿子还在台灯下，对着那厚厚的练习本，奋笔疾书……

墙壁上，儿子稚嫩的笔迹突兀地刺眼起来。"奋勇拼搏，勇夺第一"、"不想当元帅的士兵不是好士兵"、"落后啦，要努力啊！"

滴滴答答的钟声，寂静深夜，敲在心上。

无奈如潮水……

坚决关掉了儿子书桌上的台灯。

拥着那疲惫的小脸，宝贝，没事，别做了，也别读了，先洗个热水澡，休息睡觉吧，你已经累了一天，作业明天再说吧。

十几分钟后，响起微微的鼾声。心一下子柔软得像要化开，眼泪止不住掉下来：多美妙动听的声音啊……

把幸福拽长

梦想逃逸都市，享受慵懒，在普罗旺斯做时间的盗贼。

逃逸与寻找，始于去年8月下旬的一个下午，盛夏，阳光灼热，心事重重。

12小时的昼夜飞行，巴黎时间上午8点，抵达戴高乐国际机场。去法国南部港口城市尼斯的航班6小时后起飞。

喧闹而不嘈杂的候机大厅。

大厅几乎有一个足球场那么大，天顶是完全透明的天棚，盛夏的阳光直射下来，宛若法国女郎般艳丽的光芒，洒满大厅每一个角落，给旷阔的大厅裹上了一件耀眼亮丽的金色纱裙，挥洒成为印象派大师笔下恢宏的巨型画卷。

川流不息的乘客，白皮黑肤，高矮胖瘦，着装清凉性感的欧洲妖娆美

慢步，把幸福时光拉长（摄于圣保罗村）

女，西装革履的中年男人，白袍裹身的神秘阿拉伯女郎，黝黑发亮、拖儿带女的黑人妇女，犹如一个特大型的国际性阳光度假盛会；

快餐厅里，来杯咖啡或果汁，慢悠悠地吃着汉堡，浏览报纸和杂志；一排排的座椅上，有人戴着耳机或者捧着书本、杂志自得其乐，有人干脆闭目养神，其中有几个壮汉甚至旁若无人地响起了鼾声。

那些被禁锢在各种篮子或者旅行袋里的小狗小猫，给这份热闹平添了一丝生动。一只小狗被主人装在一个旅行袋里，估计是耐不住寂寞，脑袋不时钻出袋口张望，被主人按回去不久，又使劲钻出来，褐色的脑袋，骨碌碌的大眼睛，可爱极了！

不合时宜，是我们这帮沮丧着脸、百无聊赖的中国记者——

此次"寻找幸福"普罗旺斯站的采访项目，由于路程、语言等原因，前期的准备工作没法周密充分；另一方面，为了节省时间和经费，整个普罗旺斯行程也安排得非常紧张，几乎争分夺秒。可眼下这6小时的漫长等待，不能有任何作为，真是太浪费了。

还有好几个采访对象和日期没有最后敲定，是否会影响我们此行任务的完成？租好的车辆不知能否装下我们的摄影器材？

约好的采访对象不懂英文怎么办？进住的酒店是否提供网络传输？

美女妈妈翟编导的小子刚进入幼儿园，小宝贝很不适应，嗓子都快哭哑；还有我那即将升中学的儿子，能否进入重点实验班？

…………

大家不约而同拿出手机，打电话，发信息，焦急询问落实一件件事情，商量能否有其他的解决办法。结果依然是等待联系沟通，等待解决办法！什么时候开始了我们的那次异国机场畅聊，现在回想已经模糊，记忆最深的，还是期间的愉快和感动。

没有谈创作构思，没有谈行程安排，都是我们这些老小女人喜欢八卦的话题：

小梁美女要第一次接待未来的公公婆婆了，我们几个过来人争相当老师，出主意；

美满幸福女人典范的摄影师杨老师，经不起大家的忽悠，年近花甲的她，带着少女般羞涩的笑容，向我们讲述她和先生20多年前山楂树般浪漫纯洁的爱情故事；

我和小翟，两位年轻的妈妈，最喜欢的话题就是各夸宝贝儿子的糗事，夹杂些许嗔怪老公的牢骚……

大家聊得特愉快，开心，互相间的感情瞬间升华，似多年的好朋友般亲近、知心！

天知道，我们几个是临时组成的工作小组，之前在单位都是不同的部门，几乎没有交往，有的还是刚刚认识！

后来的日子里，哥们姐们经常会想起戴高乐机场那段特别时光。想起之前的焦躁不安，自己都会傻笑。

一直纠结的几个难题，其实后来都一一妥善解决："寻找幸福"普罗旺斯站的拍摄非常顺利；翟美眉哭哑嗓子的小公子，终于投降，乖乖去到幼儿园；我那可爱的小帅哥，也如愿以偿进入重点实验班。

JA哈德菲说，让心灵休息的艺术和让心灵免除所有忧虑的力量大概是我们人类的能量秘诀之一。

来普罗旺斯之前，对于慢节奏享受生活的法国人偶有耳闻。戴高乐机场的6小时，让我们从踏上这块土地的一刻起，就体味到从容淡定的美妙！是冥冥中的偶然？

或许真的是由于我们改换了心境，放下了一切纠结，放慢了心情的节奏，如此竟然偶遇意想不到的快乐！

真的很幸运，从踏上普罗旺斯这块土地起，我就对"放慢生活脚步"，以从容淡定心境，珍惜和享受生活的理念，有了切身的感触。

十多天的旅程，徜徉在普罗旺斯油画般的城市乡村，我更深刻领会到，在当下这个以"时间就是生命"为理念的时代，在不停追逐行进的匆忙之中，稍稍降低欲望标准，放慢生活脚步，控制情绪节奏，我们的人生旅程会更加健康顺畅，收获更多生活的本真！

生活节奏的快慢主要取决于环境和个人。如果把世界比做一个大都市，那么法国可以说是这个都市的一个草木繁茂、曲径通幽的花园，普罗旺斯则是花园里最光彩夺目的田园主题。

穿行其间，才发现这种怡然自得的生活理念，真的融入他们生活的每一个细节之中。

法国的城市多是艺术和文化之都，普罗旺斯地区的城市乡村更是如此。历史遗迹、博物馆、名人故居和歌剧院等人文景观数不胜数，即使疾行在街头，只要你愿意，停下来，任意在哪个角落，都可以邂逅意外的惊喜。

在普罗旺斯的每个城市乡村，主题各异、形式多样的艺术节、庆典活动、文体比赛数不胜数，从年初开始，伴随盛夏紫色的薰衣草、深秋金黄的向日葵、碧绿的橄榄树、紫色的葡萄，色彩交相更替，热热闹闹，应接不暇。如果你是好艺之人，无论哪个季节过来，一定会停泊许久，享受难得的疯狂和愉悦。

遍布大街小巷的露天咖啡馆和餐馆，经年岁月，飘出绵长芳香，诱惑着过往忙碌的人们，喝一壶香浓的咖啡，品一杯粉红色的葡萄酒，把惬意的时光，慵懒的心情，抻长。

驾车行驶在树荫簇拥的乡村国道上，满眼的翠绿中，无数金黄色的向日葵在阳光下轻舞，整齐划一的葡萄藤，甚至田间错落有致的圆草垛，都令人赏心悦目。

每到这时，即使在驱车赶忙去采访对象的路上，我们经常总是忍不住要求导游王老师减速或干脆停在路边，哪怕多两三分钟都好，全心想将自己也融进如画的风景。

置身如此天地风物，悠闲淡定的心境，好像自然天成。

在法国，只要有正当职业，就人人能享有每年五周带薪年假。每年七八月份学校里放长假了，这期间，很多工厂和公司都是关闭的——人们有的出国旅游，有的回乡下看父母亲，而大部分人则蜂拥到法国南部晒太阳和游泳去了。

即使是工作日，他们总能够在忙碌的一天中找出一段完全属于自己的时间，比如中午，到咖啡馆喝喝咖啡，商店逛逛，街边公园溜溜，放松放松；

　　下午四五点钟，无论多好的生意，售货员们总是礼貌而坚决拒绝延长哪怕是几分钟的时间，按时关门打烊，为的是尽早回家和家人进晚餐，或者约朋邀友聚餐玩耍。记得我们在尼斯的名牌街扫货时，就遭遇了这样的尴尬。

　　紧张高效的工作，完全放松的休闲，紧密结合，缺一不可，已成为一种普遍的生活理念。

　　晃荡在尼斯的那段时间，海滩、街边、山顶公园，到处遇见来此发呆的人；刚到尼斯的第二天，为了抢拍尼斯海湾的清晨海景，我们一大早赶到山顶公园，就发现一对看起来像夫妻的中年人，互相依偎在栏杆边，迎着地中海的晨风，望着远处的海湾，发呆。

　　傍晚，我们又回到公园拍摄晚景。惊奇地发现，这对夫妻还待在这里！只不过不是在看海，而是互拥躺在草地上，晒太阳！

　　真是佩服这两口子的耐性！

　　离开尼斯去梅纳村那天，正逢周末，高速公路上不断闪过一辆辆载着一家人出去郊游的房车、拉着帆船舢板的拖车、载着跑车或自行车的轿车。不用问，这些都是拖家带口去尼斯等海滨城市放松找乐的。

　　王老师说，一般是周五旅游大军出城，周日则浩浩荡荡地回城，这两天的高速公路，堵车长龙是经常看到的。

　　街边滩头，乡村城市，手挽太太、身背BB袋怀抱婴儿的幸福奶爸；和太太一起，推着婴儿车采购食物的大腹便便男人；还有肩扛滑板、手拉儿子和太太走向海滩的威武猛男，随处可见。

　　特别迷恋那些高大帅气的幸福奶爸，手抱肩扛，自豪洋洋。满脸胡楂，不时低头，逗着怀里的宝宝呵笑。如此可爱举动，唤醒了我们心中沉睡已久的少女柔情：好性感的男人！

　　在普罗旺斯期间，同行的老少女人，一直在感叹当今的法国男人更加爱家庭老婆孩子：家庭生活内容丰富多彩，婚姻伴侣的幸福和谐。快快乐乐，悠悠闲闲，令人羡慕不已。

　　整天把生活的弦绷得紧紧的，好似时刻蓄势待发，往往已是强弩之末。潇洒、舒展，反而大有施展的余地，闲情不闲。回味清朝文人张潮《幽梦影》中的警句：能闲世人之所忙者，方能忙世人之所闲。在这个意义上，潇洒是难得的人生境界，是法国人活力之所在。

留步，稍息，壶中日月长

日本知名"作家医师"、70多岁内科医学博士志贺贡曾提出人生的"0.8理论"：

不必每件事情都做到十成满，做满分，会给自己和他人带来压力。适可而止就好，剩下两成空间，权当给自己回旋的余地。

如，心脏每0.8秒跳动一下，也就是每分钟75下，是人体循环的最佳状态；烹饪时原来加一匙盐，改为0.8匙，不仅最能够引出生鲜食材的原味，而且对肾脏也不会造成太大的负担；吃饭吃到八分饱，最有利于胃部的消化吸收……

他以这样的分析为依据，进而指出，人生需要一些舒缓的空间和余地，包括时间和心灵的空间，而不是让身心一直处于"水满和弦紧"状态。凡事尽力而为，但不要过度追求完美而让自己透支，赔上健康，也牺牲了陪伴家人的时间。

的确，很多时候，我们不停地抱怨工作太忙、时间不够用，永远处于风风火火状态，正如志贺贡所认为的那样："觉得精疲力竭、完全提不起劲，觉得整个人被工作掏空，觉得健康开始走下坡，觉得家庭生活被繁忙的工作严重影响……"

今年春节，为了陪伴远道而来的家人，我一家三口第一次参加了广州的珠江夜游。璀璨星空下，珠江两岸如灿烂斑斓、繁花似锦的七彩长廊，令人惊叹的美丽！船舷边的我，清凉疏朗的夜风轻轻拂过面颊，心情如夜空星星般透亮宁静。

　　来广州18年了，无数次穿行在珠江两岸，白天夜里，怎么从来没有发现身边如此亮丽迷人的风景？我问自己，有多久没有享受到这样的闲情逸致了？

　　有一次在海边，我们对着苏珊感慨：法国人真幸福啊，有这么多的空闲时间！这位已经"很法国"的香港姑娘很奇怪：这很难吗？为什么要那么拼命工作？损失不大啊，少赚点钱而已呗！赚多少钱最终不是想让自己和家人过上幸福生活吗？放松放松，快快乐乐，也是幸福生活的一部分。这样算，我们不亏啊！

　　你我或许真的可以，尝试着，放慢生活和心灵节奏，像苏珊说的，少赚一千几百块钱，晚一点升职加薪，工作难题放一放，减少工作量，抽出一些时间，放松自己，进行富有情趣的户外活动；换换脑筋，舒展身姿，健康身心，收获更多的人生体验；多回家吃饭，外出度假休闲，陪伴家人和孩子，收获爱情亲情的美好，享受和谐的人生、健康的生活、活着的快乐。

能闲世人之所忙者，方能忙世人之所闲

"享用"生活

"口腹之欲"的执着，堪称法兰西"慢"的极致。

法国人和中国人一样，都是"好吃"的民族。一律的美味饕餮之外，不同的是，这些地中海边的高卢人，把美味的"享受"内涵发挥到极致：形式的讲究，氛围的营造，以及进餐过程的漫长，执着认真的劲儿，叹为观止。

据说，法国是世界上用餐时间最长的国家。苏珊说，普通的法国家庭，即使是平常时间，在家简单一日三餐，也要充分"享受"（广东人俗称"叹"），一天大概花费三四小时，几乎是国人的两倍，更不用说宴席啊聚会啊大餐啊等。

即便普通的法餐，顺序通常是：色拉凉菜—主菜—干奶酪—甜点—咖啡或茶。每吃完一道菜，主人就得把旧盘子撤了，换上新的盘子。咖啡喝完后，还有一小杯比较烈性的酒——法国人说那是为了把前面喝的咖啡"推"进胃里面去。感觉上，在法国吃饭就是不断地换盘子和餐具。

说来，品尝地道"法国大餐"，对于急性子的我，还真是有些"让我欢喜让我忧"的尴尬。

记得在我们下榻的梅耶酒店，自助餐厅里，无论是匆忙的早餐还是悠闲的晚餐，尽管我们提醒自己要尽量的"优雅从容"，但是，和周围高大壮硕的高鼻子蓝眼睛们比，娇小玲珑的我们，总显"狼吞虎咽"，着实郁闷。

看来，"民以食为天"，这句流传千年的中华民族箴言，还是万里之遥的法国人给予最深刻的诠释。

"我不在咖啡馆，就在去咖啡馆的路上。"法国人泡咖啡馆的习气由来已久。

近百年来，法国的咖啡馆曾是知名作家、思想家、艺术家的汇聚之地，甚至是他们别具一格的工作室，是不少传世之作的诞生地。时至今日，在普罗旺斯的大街小巷，遍地开花的咖啡馆，其中的文化艺术气氛淡化了，休闲的色彩浓重了。

如果说，麦当劳快餐是美国生活方式的代表作，我想，满街星罗棋布的咖啡馆可算是以南法为标杆的生活方式的一绝。

无论在大城市尼斯，还是在小城镇、村庄，咖啡馆满目皆是。特别是在尼斯、艾克斯等城市，咖啡座往往一直延伸到人行道上，顾客盈门，形成普罗旺斯独特的人文景观，充满诗情画意。

我是咖啡控，有幸坠入此间，自是乐此不疲，流连忘返。

想起网上一个趣谈。说的是崇尚实用的美国人，他们也非常爱喝咖啡，但是他们喝咖啡和以法国人为代表的欧洲人出发点不一样，美国人是为了保持快速节奏和提高工作效率。据说不少美国公司和机构为职工供应咖啡，大杯牛饮，分文不取。

法国可没有这种规矩。法国人喝咖啡，着眼点不在于提神，而是为了松弛，为了在烦扰喧嚣的尘世中寻找一点静谧和安详，从浓浓的咖啡中品味人生的隽永，追求一种精神享受。

记得在疲于奔波采访的间隙，对于我这个咖啡控来说，最奢侈的享受，莫若于在一个阳光明媚的午后，溜达至尼斯步行街的露天咖啡座，要一杯热咖啡，对着马路坐下，在弥漫着咖啡芳香的阳光下，漫不经心，望着悠闲而过的各式行人。那份闲适惬意无以言表。

小城阿尔勒的凡·高咖啡馆，尼斯的露天咖啡座，抑或是高速公路休息站的一杯速溶，只有亲临此地此境，才能体会那一份属于自我的感受。

感谢普罗旺斯的咖啡馆，这些轻松随意，不拘一格的天地，让我一扫旅途的疲惫，全身心地沉入法国式的优雅和浪漫。

让心灵回归

休闲、散淡，简单自然，普罗旺斯人的日子。

普罗旺斯地区的乡村和小镇，整个上午和中午都是不工作的，商店一般在午后三时开门。算起来这里人们休闲时间要比工作时间多得多。记得我们去采访酒庄主罗伯特的那天，为了节省时间，一早出发，到达目的地时已是上午九点钟。可是，这座位于阿尔卑斯山腰的小镇，还像沉浸在睡梦中一样，无声无息，如同空城。

同来的导游苏珊告诉我们，这里的街上一般中午后才有人出来走动，直到下午，小镇才会真正热闹起来。为了不贸然打扰老人，我们一直在空荡的小镇周围闲逛，消磨时间。

即使在著名的旅游景点圣保罗小镇，那里的人们同样缓慢从容过着自己简单的生活。

圣保罗是一座非常美丽的中世纪堡垒小镇，建造在普罗旺斯山壁上。在

sur place
assiette de fromages 6,00
Nos desserts   5,00
La crème brûlée
Le moelleux au chocolat
La tarte tatin
Le tiramisu
La soupe de fraises

Suggestion   13

Caille rôtie aux poires

洋溢着爱的咖啡

如果说，麦当劳快餐是美国生活方式的代表作，我想，罗纳布的咖啡馆，可算是南法生活方式的标杆。（摄于阿尔勒·梵·高咖啡馆）

"幸福"。

　　的确，现实是无法让我们满意的，我们都活在对未来的憧憬中。我们时常踮起脚尖，伸长脖子，对梦中的未来翘首以待。

　　但是，这样的期盼除了让我们感到焦虑和疲惫外，并不会有什么真正的结果。

　　我们并没有离开地面，却又错过了地面的真实。我们活在对虚假目标的焦虑之中，整个生命都被浪费了。

　　我不是哲学家，对于生命的意义，没有太多崇高的理解。

　　但是，生命本身都是我们自己的。一位哲人说，生命的最高达成是拥有一种音乐的品质。我理解，音乐的品质，应如李斯特指尖流淌出的《爱之梦》，让你仿佛置身在阳光下，独自悠闲地漫游海岸，感受难能可贵的恬静时光……

　　不过，就当下的我们，生命更像是呐喊！

　　其实，很久很久以前，中国是一个多么慢节奏的国家，100多年前，意大利人范礼安面对慢节奏的中国人无可奈何："悬崖峭壁啊，你何时才能开启大门？"

一直到上世纪70年代以前，我们可以看到中国人"懒惰"的身影。但这一切在一夜间消失，"时间就是金钱，效率就是生命"，我们踏上一条追逐金钱和效率，牺牲时间和生命的旅程。这或许是赶美超英的代价，是追赶现代化的代价。

但是，一代人，或者两代人的生命和幸福因此而大打折扣。追逐是伟大的，更是悲壮的，夸父死在追逐的路上，我们的幸福丢失在追逐的路上。

二十多年前，彼得·梅尔的《山居岁月》一书，将南法美轮美奂的风光展示给世人的同时，更深层次的是倡导一种自然健康的生活理念，一种亲近大自然，追求简朴、宁静与人性化的生活方式。

然而，正如一位评论家所说，彼得·梅尔推崇世人应该像艺术家创作一幅作品那样艺术地去构造自己的生活，而非受制于俗世的规则，最终的价值取向能经受得住时间与命运的严酷审视。

如果世间乡村都如普罗旺斯那般流光溢彩，那真是都市厌弃者的福祉。问题在于，如果我们真要选择这样的生活方式，也许，首要选择变化的不是地点，而是我们的内心。

可内心，是那么容易改变的吗？

记得作家葛红兵在一篇文章里这样描述他自己：我是世界上少有的那种对时间的流逝极其敏感的人——这不是自我夸耀，因为对时间敏感可能是缺点：它让你不能安宁，总是焦虑。相聚还没有开始，你就预感到离别，开始为离别惆怅；青春还没有演绎开放，你就为年老痛心；大家刚刚开始喝茶闲谈，你已经开始吝啬你的时间，想着还有什么要紧的事情没有做。

葛红兵说，内心的波澜渐渐平息，耳边的喧嚣渐渐停止，手头的文字渐渐安宁，眼前的世界渐渐止歇，风停了，太阳也已经出来了，一切都很好了，为什么我还不能安静下来呢？

蔚蓝海岸的沙滩上，我陷入沉思……

优雅与否，取决于你的态度和心灵。

PROVENCE

优雅人生

Elegant Life

优雅人生
Elegant Life

优雅是什么？

对世界的尊重和对自己的尊重。

灯红酒绿的古城尼斯，深山僻壤的乡村小镇；

出入豪华酒店的上流贵族政要，海滩"叹"太阳的慵懒妇人；

街边咖啡馆公园里静坐玩填字游戏的迟暮老者，山顶葡萄园里挥汗如雨的农民；

小餐馆里来回穿梭的服务生，小商店里忙忙碌碌的田园姑娘；

…………

一颦一笑，一草一木，普罗旺斯，或奢华或平凡的生活画面，流淌其中的品位、精致、优雅，抬眼可见，无处不在。

满街的咖啡馆、品质优良的各式葡萄美酒、奢靡斑斓的酒吧，世人熟知的法式品位和优雅，是优雅的物质形式等外在元素。

日常生活，点点细节，精致和品位，或许草根，却体现优雅的精髓内核——内心高贵而自尊，生活精致而节制，处世平和而教养。

深入骨髓的浸润，让优雅成为一种生活态度，在普罗旺斯。

讲究品位，不需要富丽奢华，不需要灯红酒绿，拥有一颗热爱生活的心，一草一木，一个杯子，一朵小花，一张桌布，都可以精致；一朵小花，一个微笑，一缕阳光，都可以浪漫。

优雅与否，在于你的态度和心灵。

优雅，已然生活

看过很多关于尼斯的旅行建议，从巴黎到尼斯有铁路和飞机都可以到达。很多人建议坐飞机。因为，从高空可以俯看到美丽的地中海全景——让见风伤情见月流泪的小资你我，从最给力的视角，痛快淋漓感受顶级世界美景——蔚蓝海岸的妖娆魅力。

6个小时戴高乐机场的等待，我激动地登上了即将穿行地中海蓝天的飞机，满心期待翱翔白云间，俯瞰脚下的人间胜景，享受激荡心灵的震撼。

但是，很不幸，狭窄的机舱里，我绝望地盯着前面引路的金发空姐——我的座位在离飞机窗口遥远的过道边！

精心准备的蓝天仙境航拍计划变成了百无聊赖的冥想。一小时后，巴黎时间下午3点，到达尼斯蓝色海岸国际机场。

无论如何，终于踏上了这座向往已久的海滨天堂。

一天一夜的连续飞行，我们几乎没有好好吃过东西，早已饥肠辘辘。善解人意的导游苏珊已经给联系好了一个地方让我们填肚子。

下午3点，尼斯街头大部分西式餐馆已关门休息。苏珊带我们去一家还在营业的中餐馆吃点快餐。

虽然对于在国外吃中餐的水准已经早有心理准备，但是，望着那一盘盘黏头呆脑、糊糊汤汤的菜，实在没有食欲。大家胡乱搭配几样小菜，走进店里，简单对付了事……

好在无论如何，即使是这个小小的中餐快餐馆里，让人惊讶的舒适就餐环境，还是带给我们稍许欣慰。

10多平米的小餐厅，布置整洁清雅。看起来质地不错的暗红色木质餐桌上，铺着中国特色刺绣的桌布，摆放着东方情调的花瓶和鲜花，各色印着普罗旺斯风情景物的餐巾纸，搭配奶白色的精致杯碟；墙壁上，色彩绚丽的印象派挂画，造型别致的铁艺灯具，散发柔柔的光亮……

心香如蕙，吐气如兰。

普罗旺斯人的家庭住宅，大多是乡村庭院。这些庭院都有几十上百年的历史，有些甚至是几百年的城堡。历经风吹日晒，外形看起来非常陈旧。

这样的建筑，如果在我国，早就被推倒重建了多次。但是，品位不俗的普罗旺斯人，依然把它们装点得花红柳绿。

湿润的气候、灿烂的阳光，那里的鲜花树木都长得特别茂盛。感恩上帝赐予一切的普罗旺斯人，热爱崇尚自然，无论是居家布置，还是庭院设计，都和当地自然环境紧密结合，洋溢浓郁的田野休闲气氛。

庭院的建筑，大多是平房，结构上非常注重自然采光；室内寝具座椅等家具摆设，相当重视质地、做工和质感，看似朴实简洁的外表，蕴含高雅的视觉效果，以及柔和的触感，处处显露出浓厚的艺术色彩。

室内空间的色彩基调，讲究明亮开朗；地面铺木地板或古石砖；墙面用花纸、精致布艺或涂料涂刷，颜色灿烂；窗前挂绸帘，偶尔点缀一些金色；考究的玻璃镜台，温温婉婉的蜡烛，配合明亮变幻的自然光影，浸润出舒适温馨的家居气氛。

悠闲惬意的花园庭院，是当地人客厅的延伸。

他们用各种果树，四季的鲜花，常绿灌木，和爬藤类植物，巧妙组合造景，把一个个庭院布置得花园般繁花似锦。配上原木餐桌餐椅，清凉的躺椅，鲜花缠绕的秋千，石砌的围墙，餐桌上红黄碧绿的蔬果，恰如露天的书房和休闲室。

周日的下午，端一杯香浓的咖啡，坐在花丛边看书，偶尔抬头和花园里玩耍的宝贝们玩笑，走过去帮他们擦擦额头的汗珠；或是躺在草地上，头枕着碧蓝的天空，伴着鲜花和植物的芳香，沐浴在明媚的阳光下，依偎在男友或者丈夫的身边，窃窃私语……

温馨舒适，平和淡然，是普罗旺斯天人合一的生活美学。

流连忘返，牵肠挂肚，还是那些古城，那些小镇，那些乡村。

那些古城。穿越巨石铸造的城门，城里大都只有几条狭窄的街道，两旁都是些老房子。路是古朴幽静的石板路，房子是极富韵味的蓝色、绿色或其他冷色调窗棂和驼黄的墙面，加之错落有致、鳞次栉比的红房顶，从颜色到结构都很有节奏韵味，应和着远处的大海和更高远的蓝天。

尼斯的房子，很少见到新的建筑，特别是高楼大厦。大多三五层的公寓，看起来年头不小。但是，各式美丽的鲜花植物，装饰在街头巷尾、窗台

普罗旺斯：无处不在的咖啡馆，无处不在的写意。

和阳台，把一栋栋的旧楼房，装扮得赏心悦目，漫步其中，恍若于花团锦簇的童话世界。

站在尼斯城堡山的高处，俯瞰蔚蓝港湾，完全不见任何的石屎森林；远处的低矮建筑群，蜿蜒海边山脚；无数红色屋顶，层层叠叠，掩映在阿尔卑斯山下，保护尼斯海湾，始终依偎在在阿尔卑斯山的怀抱，冬暖夏凉，天高气爽。

那些小镇。或绵延海边，或伫立田野，或依偎山陵，尤其让人喜爱。和大都市相比，这些小镇少了许多堂皇、灿烂，多了一点平静、朴实。

最爱小镇里，狭长幽深的小巷。

即使没有，撑着油纸伞，梦一般飘过的，丁香姑娘。

小巷路面，多是青石板铺就，雨水冲刷，黝黑锃亮，有些打滑。行人踩踏其上，必须放慢脚步。慢步，漫步，远去的岁月，在脚下蔓延。

一律的幽深绵长，看不到尽头，平添些许孤寂；鳞次栉比的古老房屋，高高耸立巷道两旁，仿佛刻意，将俗世的喧嚣烦恼，摒弃在小巷之外。

只有偶然跳入的阳光，打破此间的幽静。

家家户户的窗台上，依然摆放着绚烂的鲜花。有的窗台，主人别具新意，从自家的花棚里，特意延伸出许多的攀藤植物，牵藤鲜花，层层叠叠，厚厚的覆盖在外墙上，将大片大片的墙壁，装扮如挂在墙上的迷人花圃。狭长古朴的街巷，被打扮成一道精致的大自然画廊。

盛夏的午后，漫步其间，花香沁人，恍如漂流于绿草鲜花铺就的小河上，心儿如泉水般清澈，灿烂美好。

不能忘怀的，还有那些古老的乡村，有些甚至是中世纪就已经存在了。几百年过去，这里依然是人们居住的好地方。

村庄是一种自然的干净。窄窄的小巷，曲折有致，房屋古老但不破旧，每户有不同的风格，但保持着整体的统一。

即使在最偏僻的村庄里，无论多么破旧的老屋，精致的品位，依然不缺。

粗糙陈旧的木头窗台，一样窗明几净，悬挂本地特产的花布窗帘；古旧外墙和门窗，流经岁月打磨，斑驳陆离。人们一样精心装饰着各色艳丽的花草，或悬挂一些别出心裁的工艺品，让沉甸甸的历史岁月，流淌在大自然的灿烂里。

古城，小巷，老屋，写满沧桑岁月的骄傲与尊严。

优雅美丽，始终在那里。

即便在最偏远小村子里，各种小商店都用鲜花和植物布置得特色别致；店门口或者橱窗，薰衣草、向日葵、攀藤植物、各色编织装饰，造型各异的木制或者铁制工艺品，比赛似的漂亮奇特。

最爱这些造型别致的铁艺招牌，我读到了中国古文字的象形手法

特别喜爱那些造型别致的铁艺招牌。它们大都是造型图案，没有现代招牌不可缺少的文字显示，类似中国古文字的象形手法，以简洁明了的图案，标明了商店的特色，古朴雅致。

店铺橱窗里展示的小玩意儿们，精致可爱，让人爱不释手；出售的东西，无论包装或者品质，都和大城市一样，精良高档。

这些或古朴或精致的特色物品，伴着普罗旺斯人特有的温暖质朴的笑脸，给我们这些外来的游人很多的惊喜。

虽然是偏远的小村镇，这里的人们普遍着装讲究，哪怕是从陈旧的古堡走出来的女人，或者商店里卖东西的店员，大都穿着精致的套装或者当地出品的特色服装。

导游告诉我们，街上穿着随意的行人，大多数是外来的游客。

这儿，优雅，已然是生活本身。

"致命"的奢侈

世界最顶级的奢侈品牌，如爱马仕、路易威登、香奈儿等，大多出生于法兰西这个古老的民族。当然，还有被现代中国富人和不富的人们，当饮料或啤酒喝的各类法国红白粉葡萄酒。

时下，都市小资们刻意追逐的法式品位和优雅元素，形成了特定的元素符号和表现形式，依附其间的财富门槛日益提高，成为少数人炫富、出位的金钱游戏，很大程度上偏离了优雅品位的文化和精神内核，浅薄、矫情和虚伪则不可避免。

形式大于内容的东西，不属于我的兴趣范围。

从容、淡然的心境，热爱平凡生活，讲究细节品质，精心打理人生，乐活当下每一天……

如此淡然乐活的心灵，自然和谐的生活方式，实为法兰西最"致命"的奢侈。

艾斯（Eze），一个不太知名的小镇。

苏珊说，要去那里看看。虽然没有圣保罗画家村的显赫声名，但是，小镇的景致堪称一绝，丝毫不逊色于画家村。

苏珊是普罗旺斯的资深导游，她推荐的地方，不会让人失望。

一杯咖啡，一支烟……悠闲如她。（摄于圣保罗村）

　　那是一座中世纪的古旧小城堡。延续千年，现在依然是当地几百个居民的生活乐园。

　　小镇依山而建。一条鹅卵石铺就的小路，从山脚开始，弯弯曲曲，盘旋而上，如迷宫一般，穿越小镇始终，直达山顶。

　　村里所有的建筑，均在小路两旁，跟随其步伐，从山脚开始，一栋栋相连。由此，小路也可称小巷，是小镇的中枢。

　　小巷两边的房屋，除了居民住房，窝藏其中的，一间或两间风格迥异的小商店、小餐馆、手工作坊和画廊，虽然数量不多，总是给远方的游子，带来许多的惊喜和收获。

　　这些房屋虽然古旧，但是，每一面墙和每一扇门，都藏着出乎意料的创意与想象，呈现出从中世纪到现代的不同时期风格，透着浓浓的美的气息。

　　村里到处都是花儿，窗台门边，色彩斑斓，自由、绚丽而夺目；随手拍下的一幅幅画面，都可以成为精美的明信片。

　　虽然是旅游旺季，小镇的游人依然不多，三三两两，悄然融入当地村民，悠闲漫步游走。

　　意外，欣喜，这样悠闲安静的游玩环境，给我们此行提供了最好的拍摄空间。

　　的确，眼前的艾斯，是一个保存完好、风景独特的中世纪小城。无论是自然景观，抑或历史文化资源，一点不输明星小镇圣保罗。

　　小镇远远不及画家村的，是数不清的商店、画廊、作坊、餐馆，奢华的酒店旅馆，穿梭如织的游客。

　　当然，还有热闹、喧哗和嘈杂。

　　一座未开发的中世纪童话世界。

　　这恰恰是我们此行最感动的惊喜。

　　苏珊说，艾斯的旅游等商业元素开发不够，源于当地人的坚守心态。

　　相对于其他古镇，艾斯人对金钱的态度淡然许多。他们珍惜祖先留下的财富，热爱大自然的一草一木，满足当下的简单生活，不觊觎更多的钱财。

　　一代代艾斯人，在千金难买的真实童话世界中，简单幸福地生活。

　　或许，这正是小镇人的智慧。

　　枫丹–德–沃克吕兹（Fontaine-de-Vaucluse）村，是另外一种境界。

　　村子因一汪穿越其间的碧水小河索尔格河（La Sorgue）闻名于世。河水平缓地从小镇中心流过，阳光下，蓝绿色的河面波光粼粼，溢彩流光。河面上，三三两两的野鸭自在嬉戏；清澈如镜的河底，水草随波摇曳；偶尔三两只野天鹅结伴从天上飞过，为世外桃源般的小镇，平添几许妩媚。

　　以一座横跨小河的石头桥为界，水城基本可以分为两个区域，桥的右边是旅游区，河畔的艺术品店、餐馆、咖啡馆，鳞次栉比，绵延在河岸上，来自世界各地如织的游人穿行其中，热闹嘈杂。

　　桥左边就是镇上居民的生活区。

　　一桥之隔的热闹喧哗，似乎对这里的居民生活没有任何影响，一如普罗旺斯的其他小镇一样，安静平淡，恍如两个世界。

随手拍下一个画面，都能成为精美的明信片。（摄于鲁西永）

快速浏览完旅游区，我们还是走进了这份喜爱的宁静天地。

狭窄街道里，拎着菜篮、牵着小狗散步的人们，缓慢闲适；路边，不时见到小狗卧蹲在门口，懒洋洋地看着路人。

踱步街边，拐弯处一露天咖啡馆，一个白须老者，独自一人，悠然地坐在一隅，自我陶醉。情不自禁，我们也坐在了阳光下，细品这喧闹之外的静谧。

安逸悠闲地过日子。

不惧世事烦扰，无视灯红酒绿。如此淡定从容，似乎是小镇人与生俱来的定力，不可复制。

一个傍晚，驱车行驶在夕阳如火、绿树如盖的乡村大道，苏珊和我们聊起她经常带客人去的一些乡村小旅馆（或者称为"家庭旅馆"）。

苏珊说，这些小旅馆和国内一般的家庭旅馆有一个明显的区别，就是商业气息淡薄，换句话说，就是赚钱不是唯一的目的，很多是富足的主人解闷儿的"业余爱好"，只用家中几间客房，目的不在赚钱，而在"经常有客人来往"，给家庭生活带来新鲜乐子。

其中的一家让我们特别感兴趣。

这家旅馆在距马赛不到60公里的一个小村落里。20多年前，旅馆主人买下了这片大概15亩的房屋和花园，然后进行改造修葺，建成了一个配有50平米游泳池的院落。

从照片上看，令我们惊奇的是，大概1万平方米的范围，他们仅仅建了一幢约200平米的住宅，其中客房仅有3间，除了巨大的游泳池，其余全部是遍布树木鲜花的花园。

在旅游胜地的普罗旺斯，特别是旅游季节，酒店爆满是常见的现象，很多时候特别是我们来自国外的游客，必须提前一两个月预订。从商业的角度说，这么大的地产仅如此利用，太浪费了。

但是，十几年了，旅店主人却没有扩大经营的意思。

无论是国王还是百姓，在自己家里能找到幸福的人才
最幸福。——歌德

PROVENCE

爱在家中

Love In The Family

Thomas
rosenthal group

爱在家中
Love In The Family

法国，是浪漫的代名词吗？

繁荣悠久的文化艺术，秀丽迷人的自然风光，优雅精致的生活品位，幽默温情的法国帅哥，风情万种的法兰西女郎。

毫无疑问，这是一个闻名世界的多情艳遇之都。

在普罗旺斯，漂亮的前伦敦女电影明星兼作家，功成名就的雕塑家，年轻快乐的品酒师，退休逍遥的电器工程师，不约而同告诉我，他们的幸福，更多来自于美满的婚姻和家庭，经营幸福的家庭生活是人生最重要的功课。

世易时移。法兰西的浪漫多情，已不再仅仅是激情和欲望编织的火辣颜色；夫妻恩爱和谐、家庭幸福快乐，日益成为浪漫多情的主色调。

幸福来自家庭。80多岁的老先生让·雷波哈（Jean Lhébrard）说，走过近一个世纪的生命历程，幸福感的重要源泉还是他的家庭，他的太太女儿外孙们，一直是他生活的中心。

行走在尼斯、普罗旺斯乡村小镇，和男女老少各色普罗旺斯人交流，其间的所见、所闻、所思，让我深切感受到，法国人的多情，似乎已经不再是我们想象中单一的热辣形式和浪漫内容。

"老婆孩子热炕头"——这种被当下许多国人，特别是时髦都市人逐渐摒弃的东方传统生活方式和理念，正成为当地主流阶层的时髦选择。

老婆孩子热炕头

每天下班，驱车100多公里，风雨无阻，是为了赶回家，和妻子儿女共进晚餐；

周末假期，放下手中一切工作，是为了能够有充足的时间，陪伴老婆孩子，一起去冲浪，去爬山……

穿行在尼斯和普罗旺斯的大街小巷，无论是海边，还是在城堡，抬眼所见，T恤短裤拖鞋汇成的度假人流，大多数都是拖家带口……

一股暖暖的爱意，没来由地突然涌动，时隔几个月，广州深秋的夜晚，漂浮的片段、真实的普罗旺斯，在我的电脑里，逐渐苏醒。

当下的法国人，工作和家庭划分非常清晰。原则上，下班后，放下一切手头工作，包括思考，轻轻松松，回家晚餐。

当地工作时间一般为早上8时到下午4时，除了每周两天的休息日，每年还有25天的带薪假期。按照法律规定，周末或节假日加班可以领到双倍工资。但大多数人都不会为之所动，他们宁愿陪老婆孩子去山上散步、海边钓鱼，去滑雪、晒日光浴。

周末商店一般是不开门的。下班后或节假日，从总统到餐厅服务员，无一例外都尽情地休息或陪家人外出度假。

每年的七、八月份，学校里放长假了，这期间，很多工厂和公司都是关闭的——人们有的出国旅游，有的回乡下看父母亲。

而大部分人，则蜂拥到法国南部晒太阳和游泳去了。

不过，无论去哪里享受找乐，同行的成员，都是同一种风格：拖家带口！

苏珊说，现在在法国，除了老一代人外，她周围很多人，无论年轻人还是中年人，都非常注重家庭生活，很在意和家人在一起的时光。平时都尽量会回到家里，一家子相聚吃晚餐。

对他们来说，每晚和家人共进晚餐、每年夏天全家去地中海度假，这样的生活是千金难换的。

面对加班，很多法国人总是说，我不在乎多赚那几个钱，请让我回家去，我只想和我的老婆孩子待在一起——"老婆孩子热炕头"，当下时髦国人不屑一顾的无趣生活，竟然获得高鼻蓝眼的法国帅哥青睐，还真让人意外。

特别让人羡慕的是法国男人，苏珊说至少她身边的尼斯男人，都非常爱老婆孩子，爱家人。这位怀孕4月的幸福准妈妈，就是嫁给了一名尼斯本地的小伙子。

苏珊大方地让我们看他们的合影，那位比她还年轻好几岁的小丈夫，高大帅气，拥抱着她，宝贝得不行，撩起我们不少的"羡慕嫉妒恨"！

话间，苏珊很遗憾地告诉我们，10月份我们第二次的普罗旺斯行程，她不能陪伴了。金秋十月，孕期近半，是准妈妈苏珊最轻松的时期，她已经和老公商定好那个时间一起去巴黎度假，愉快地迎接小宝贝的到来。

别说，我们的香港姑娘苏珊，也很普罗旺斯了。

看看一路陪伴在妻子身边的奶爸们，无论高矮胖瘦，他们大多义不容辞地沿路照看着孩子，让身边柔弱的妻子悠闲游走，观光购物。

男人们有的推着婴儿车，有的将孩子背在胸前，有的干脆将孩子举过头顶，一律的自豪满满；阳光下，宝贝们天使般灵巧粉嫩的脸蛋，衬托着奶爸们胡子拉碴的沧桑面孔，别有一番情趣。

没来由，突然想起现任法国总统萨科奇。矮小健壮的他，陪伴高他一截的名模太太，或十指紧扣逛街购物，或身着泳裤，悠闲冲浪晒太阳——类似生活图片，经常在国内的网络报刊赫然登场。异于常规的女高男矮搭配，特别有趣。

对于国家领导人的这种画面，我相信大多数国人的感觉，似乎有点另类了，或隐隐有些"雷人"？初看，我还真不太习惯。但此刻，我释然……

重视和家人一起的时光，注重亲情的培养升华，享受愉快温馨家庭幸福，这种美好的画面，我们在采访的这10多天里经常遇到。

那天，我们在小山村的一个露天咖啡馆里，等待皮尔·卡丹（Pierre Cardin）的到来。

那是一个非常偏僻的小镇，街道干净整洁，两边的建筑幽静和古朴。虽然已是上午10点多了，但和普罗旺斯的大多数小山村一样，村民大多数还没有出来，整个村庄除了刚刚开门的两家面包店和我们这家咖啡馆外，没有别的动静。

咖啡馆的露天广场上，一对年轻的情侣在悠闲地吃早餐，我们几个外来人在忙碌地摆设拍摄机位。上午11点多，咖啡馆下面的街道上，才开始出现人影。几位闲逛的老人聚在一起，坐在街边的石头凳子上聊天，偶尔盯着我们忙碌的身影，点头微笑。估计是少见这么多东方面孔，淳朴的村民还是觉得新奇意外。

这时，三个男人的到来，给寥落的咖啡馆带来些许生气。

真是一幅温馨怡人的愉快画面：一位老人和一位中年男人，共同推着一辆婴儿车，车上坐着一位大概一岁多的小男孩，忽闪忽闪的大眼睛，开心地咿呀，看起来像父亲的那位中年人，不时亲亲他的小脸蛋；看似爷爷的那位，则慈爱地望着孩子，不停做鬼脸，逗得孩子咯咯笑个不停。他们在靠近街边的一张桌子坐定，开始点餐。我们猜测，这是祖孙三代一起出来吃早餐。

接着，上来两女性，一老一少，笑盈盈地走向他们的餐桌。年轻的那位少妇，手里拎着一个藤编的菜篮子，里面装着新鲜的蔬菜和水果；年老的估计是婆婆，也拎着一个花色的布袋，长长的法棍装在袋子里。

天使般粉嫩的脸蛋，衬托着奶爸胡子拉碴的沧桑面孔，
别有一番情趣。

拉斯特村，祖孙三代逛早市归来，在享用早餐。

　　婆媳边走边轻言细语交谈，和那两个男人打招呼，一起坐下了。妈妈和奶奶慈爱地抱起童车里的孩子，轻声细语地逗着孩子不停地咯咯笑，爸爸爷爷在对面看着，不时交换一下眼神，充满了喜爱……

　　我们一下子明白过来，这是祖孙三代一起去逛早市归来，吃早餐。我们被这个家庭完全吸引过去了，和他们畅快地聊起来。

　　传统印象中，法国人注重经营自我独立空间，家庭成员之间相对隔膜，客气礼貌，交往不多，亲情淡薄。更不像我们传统的中国人，总是几代人一起生活，虽然这种趋势已逐渐式微，但是拥有更加浓厚的亲情，还是我们内心的骄傲。

　　可这次的普罗旺斯之行，彻底颠覆了我原有的印象。

　　这个家庭是儿子媳妇假期带着孩子从巴黎回来度假的。

　　男士告诉我们，他们在巴黎工作，每年公众假期都要回来这里，和父母住上一段时间，享受和家人呆在一起的时光。

　　他说，在法国，像他这种去外地工作，结婚后有老婆孩子的人，假期很多都是回到父母身边陪伴，或者如果他更加有钱，会带着父母妻儿一起去外面度假。

　　在他看来，每年回到父母身边住一段时间，是他人生很重要的享受。

　　许多人说，法国人是欧洲的中国人。其中的理由除了都是美食和文化大国外，或许还要加上一条——热爱家人，注重培育和享受大家庭的温情。

和西方大多数国家一样，法国年轻人成年后大都离开父母独立生活，建立自己的小家庭。但是，这并不减弱他们之间的情感交流。

在法国各地，有一个家庭聚餐日的传统习俗：每个周日，独立成家的子女，都要领着自己的配偶和孩子，回到父母家，陪伴他们聚餐，然后一起去公园游玩。

这让我们想起了刚刚到达尼斯的第二天。

因为采访对象的临时改期，我们决定去尼斯的古城堡公园拍摄本地人的一些生活场景。

那天恰好是周日。一大早，我们去到山上公园，奇怪的是，除了几个拍摄风景的游客，整个公园几乎是空的。原来这个时间，各家各户都在家里热火朝天准备中午的大餐！踟蹰溜达几个时辰，除了获取几个风景空镜头，我们一无所获。

午餐过后，我们再次来到公园，场面完全不一样。

忽然间冒出很多扶老携幼的人群。老老少少都盛装打扮，一起漫步在公园，三三两两地热烈地谈论着不同的话题，不时兴奋地打着手势，孩子们欢快地在草地上追逐嬉戏。

我们几个摄影师急忙忙架起长枪短炮狂拍，满载而归。

美国著名旅游作家莎莉·亚当森·泰勒这样评论当今法国家庭现象：

当今法国人把家庭放在第一位。认为家庭是社会的凝固剂，是每个家庭成员应承担的特殊责任。在外是公共生活、哲学、政治、艺术和美食，在内则是家庭。

莎莉进一步分析，时世变迁，当下法国，开放多情的浪漫时代已经一去不复返。尽管还有不少法国人心存梦想，但他们意识到，由父母、孩子和其他近亲组成的大家庭为他们提供了情感和经济基础，而婚姻则是组成这个大家庭的一块基石，现代人更应该面对现实，保住工作，稳定家庭。

苏珊说，对于普通的法国人来说，如能按季节全家外出旅行，这便是他们心中最理想的幸福生活内容。

我的心里竟然有点微微的失落，浪漫妩媚的普罗旺斯，你的幸福，难道就这样简单吗？

幸福，不需要太多理由

广州，夜已深。

这个繁忙的城市，仍然舍不得洗尽铅华，活力四射的夜晚，是以清冷寂寞的家为背景的吗？

记得在普罗旺斯的那些日子，我们几个东方女人，偶尔和苏珊谈起眼前的"老婆孩子热炕头"，感叹唏嘘不已：

现在国内的男人们，爱家爱老婆爱孩子方面，比身边的法国帅哥逊色多了；更别说，"老婆孩子热炕头"了……

苏珊笑着告诉我们，没啥，那是这里的男人诱惑少啊。

说来确实如此。西方社会人际关系简单，这里的职场男女和国内最大的区别就是很少应酬，晚上用不着出去吃饭喝酒拉关系，就连尼斯这样繁华奢靡的度假天堂，都很少有我们国内像银行米铺一样多的酒吧、k厅、沐足城等，偶尔的应酬也顶多是去街边咖啡馆喝杯咖啡，自然有大把的时间陪家人吃饭休闲。

想起我大学一哥们，10多年前去巴黎，在那里成家立业，前几年忽然回到国内搞投资，从此乐不思蜀，就再也不想回去浪漫美丽的塞纳河边了。问他为啥，人家诡异地笑笑，说，这里的生活太丰富滋润了，咱说的是男人！我哑然。

离开普罗旺斯，回到国内近半年了。

妇女节，《羊城晚报》的一篇报道竟然引起众多国人的关注。

话题来自三八那天，不少常在家吃"寡饭"的女人们发出了这样的呼唤——不要什么鲜花，更不要什么钻石，只要他能回家一起吃顿饭！

报道说，在"应酬风"愈刮愈烈的当下中国，家人常常不回家吃饭，特别是丈夫或者父亲，成为许多家庭挥之不去的心病。

调查显示，接近六成的网友一周至少两天晚上不回家吃饭，9%的网友一周只有一天回家吃饭，但85%的网友表示更愿意在家里吃饭，只是因为应酬或者加班无法回去。

甚至有全国人大代表提案抑制吃喝应酬，让人们可以更多回家吃饭。

别说妻子们，我们的孩子也一样期待父母更多的关爱。

在普罗旺斯那种遍大街的乐呵乐呵，对于我们国内的孩子来说，还真是奢侈少见！

幸福，不需要太多理由。帕斯克参加小儿子的公共活动课。

　　我们的孩子，甚至愿意用自己积攒的零花钱，换来一次爸妈陪伴的家庭晚餐；

　　我们的孩子，在央视春节联欢晚会上，代表亿万祖国的花朵，唱出的心声是：爸爸妈妈，爱我你就陪陪我，爱我你就亲亲我，爱我你就抱抱我，爱我你就夸夸我……

　　三十年经济的高度发展，我们获得了大量的财富，拥有了宽敞的住房、时尚的服装、高档的汽车。

　　可是，如果为此，我们连一顿温馨的家庭晚餐都成为奢侈，幸福，还剩下多少理由呢？

当今世界，互联网、通信、交通的迅猛发展，充分实现了马克思关于"用时间消灭空间"的著名判断，人们的联系更加紧密，全球一体化已经成为现实。

另一方面，高度集中的城市带来的却是人们的极大疏远，在快带变动和高密度浅层次交往中，理性杀死感性，金钱消灭感情，现代社会的人情日益淡漠，人们对于亲情的依赖，对于来自于家人的关爱、帮助和支持，越来越感到珍贵。

回望中国传统，无限感慨。

家，一直是中国传统文化中的关键词。

"齐家治国平天下"，是中国文化人自律要求，所以，"孝悌"乃"仁"之本，孝廉可以举官。可以说，中国传统文化及道德要求每一位人高度重视家庭建设，甚至把家庭及家族当成一个人最后皈依，无论在外成功与否，"衣锦还乡"是人生最高境界。

费孝通先生的"差序结构"理论，提示了中国人以家为核心，以家族、乡为纽带，构建社会人际关系的中国式社会结构。

这一图景在20世纪的文化批判中逐渐坍塌。

"五四"一代正是从对"家"特别是"家族"的批判中反思传统文化对人性及自由的扼杀的。巴金的《家》不是歌颂"家"的温馨，而是痛诉在一个大家族中，年轻人的压抑及牺牲，这成为一代人的集体阅读和共识。

或许一切事物都是螺旋式上升。

旅居普罗旺斯的雕塑家司徒骧（Gabriel Sterk）一家子。
重视家庭，是重建人生幸福的起点。

现代之于传统或封建，主要的任务就是解放人：人从神的束缚中解放，人也要从封建大家族中解放。现代性的重要内容就是人的自由，一切有违自由的结构必然遭到批判和摧毁。这是进化论思维下的无可奈何的结局。

人，尤其是中国人确实从传统中走了出来，获得了极大自由。

而自由也是有阴影的，那就是孤独。

当我们完全从家庭或家族中"解放"，当我们完成从"单位人"向"社会人"的过渡，当我们把一切小区变成城市孤岛，而在这孤岛中甚至连邻居都是陌路人；当我们的社会管理完全格式化……人在快速的社会运动中成为脆弱的个体，人在高密度的社会交往中失去联系。人，成为真正的单细胞。

在传统文化批判运动中，反思"家族"及"家庭"的弊端是必要的，作为中国社会结构重要组成的"家"，主要的一个功能，就是建设一个等级秩序，在这样一个等级秩序，"父为子纲"、"夫为妻纲"，它使青年和女性成为秩序的底层。

革命往往从青年和女性开始。

但"家"的另外一面呢，是不是应该保留？

那就是情感的依托，经济的互助，和谐的关系。

记得看过一篇文章，是有关股神巴菲特，不过不是关于他的财富故事，而是谈论他对于成功的定义——家庭幸福，身体健康，拥有友情。

家庭是人生和社会的细胞，亲情爱情永远是生活的中心。从这一角度，重建家庭，或许应该成为重建社会的起点与终点。

　　我们在重建家庭幸福中寻找人的幸福，我们也把家庭幸福作为人生幸福的重要内容和载体。

　　的确，我们忙，我们要为生活奔波，我们要趁年轻多攒些资本，我们被物质消费刺激出来的欲望空前高涨，我们被别人的成功映照得无地自容，我们有大把的理由加班，我们理所当然地相信水往下流，我们准备了无数的道歉给家人和孩子，我们在奋斗，却不幸福。

　　给爸妈一个电话，给家人一个拥抱，给孩子一个笑脸，真的很难吗？

　　家不是讲理的地方，而是讲爱的地方。

　　我们可以重新开始，去孝敬父母，关爱家人。

　　不知道感激父母的人，也不会感激他人，更不会感激社会所给予他的一切。

　　人生的漫漫长河中，伴侣是最亲密的人。父母会先行，孩子会离家，只有丈夫和妻子可以携手共渡人生，走过人生的晚年。

　　即使是为了自己的幸福，也应该像关爱自己一样关爱着生活中的另一半。

　　从今天做起。我关了电脑，这里是家，不是工作的地方。

　　儿子熟睡了，被子踢到了一边，我轻轻地拉上；丈夫在看书，很诧异地看着我，"不写了"，我泡了一杯茶，很矫情地说，"爱在家中"。

　　想通了，真是一个美好的夜晚。

普罗旺斯人的一生四季，都青葱如斯。

PROVENCE

最美夕阳红

Old Age Can Be The Best Time Of Life

最美夕阳红
Old Age Can Be The Best Time Of Life

夕阳下，尼斯海滨大道，慈祥老夫妻，牵手，漫步；

尼斯名牌街，红嘴唇的时髦老太，精心选购兰蔻眼霜；

古城艾克斯，米拉波大道上，白发红颜，修长清瘦，玫瑰色高跟鞋，摇曳穿行；

艾斯小镇，古巷石板路上，蹒跚踱步，富态老奶奶；

阿尔卑斯崎岖山道，手握方向盘，盘旋奔驰的八旬老头让·雷波哈；

蔚蓝海岸，翱翔晴空碧海间；葡萄园里，开着兰博基尼拖拉机洒农药，七旬酒庄主罗伯特；

……

充沛激情，乐观精神，菊花笑脸，像涓涓流淌的生命清泉，浇灌滋润着我们的心田。

感谢这些快乐的老头老太，让一直惧怕孤独老去的我，面对未来的人生旅程，内心充满阳光和温暖，增添了无穷的勇气和力量。

白发丽影

尼斯海滨，太阳徐徐西下的傍晚，绵延数里的白色海滩上，各色张扬曼妙、令人喷血的比基尼女郎竞相穿梭，风情万种，乐坏了同行的男同胞。

黄昏时分，晚霞洒满蔚蓝海岸的天空，穿着精致时髦套装或艳丽裙装的美丽身影，传说中的法兰西人衣着的讲究和品位，让姐妹们开了眼界。

意外，惊讶，不解，华服丽影人群，多是满头白发的老太太！

她们挽着身边同样白发苍苍、衬衫西裤皮鞋的老伴，林荫道上悠闲漫步。

海滩上，那些夹杂在晒太阳大军中闭目养神，或人行道上精神抖擞的骑着单车飞驰的身影，很多也是年过花甲的老人。

这些或行或躺或飞驰的老头老太，火红的晚霞洒在他们满头的银发上，耀眼闪亮，真是一道别样美丽的风景线。

脸庞红润、精神抖擞的老年人，背着款式时尚的旅行包，爽朗的笑声，矫健的步履，游走海边沙滩、山顶公园、田间山里、小镇街头，每一处风景。

岁月的风霜似乎没有在他们脸上留下痕迹，时光打磨出的从容和淡定，使他们浑身散发着动人的魅力。

普罗旺斯，充满了夕阳无限好的快乐幸福样本；行走其间，暮年人生的异样美好，触动心弦。

苏珊告诉我们，法国老人，特别是女性，最不喜欢的就是说她们老。她们认为，人的一生都应该努力保持青春和健美，要有意识地保持一颗年轻地心，如此，方能收获更多的快乐。

这种人老心不老、乐活当下的生活态度，不仅仅影响他们的着装品质和风格，更体现在他们生活的方方面面。

苏珊还笑着说，真的，在这里，还有很多九十多岁的老爷爷开越野车翻山越岭，八十多岁的老奶奶定期做头发、修指甲呢！

的确，无论是在富人聚集的尼斯，还是在文化古城艾克斯，我们发现，这里的老人比年轻人更注重外在形象，穿着打扮更加"法兰西范儿"。

普通老年男性喜欢西装裤，上配衬衣、休闲外套、风衣等；老太太们普通打扮是下穿长裙，上穿衬衣，外面再加一件长大衣；时髦打扮就丰富多彩、五花八门了。

品质精良、美丽大方，艳丽时尚的华服，映衬年轻的心灵，快乐便是自然的收获。

普罗旺斯的老太太，几乎个个都涂脂抹粉；

长长短短的高跟鞋、皮靴，本属于年轻姑娘的专利，在她们的鞋柜里，是常客，也是主打。

在尼斯名牌街，一家化妆品专门店里，兰蔻专柜前，我们就遇见过一位白人老奶奶购买兰蔻眼霜。

售货员把几种不同品质的眼霜，轮流试涂在那双布满鱼尾纹的眼睛上，耐心介绍解释不同功效；满头白发的老太太，反复对镜端详，近看远瞧，研究比较。那副认真劲儿，真不输年轻的时尚女郎，着实可爱！前后折腾了大概20分钟，时髦奶奶才选好一款，心满意足地离去。

古城尼斯、艾克斯，大街小巷，脚蹬高跟鞋，身穿艳丽的衣裙，手拎LV、普拉达的包包，画着精致张扬的妆容，或挽着老伴，或牵着小狗，逛

普罗旺斯的老太太，个个涂脂抹粉。

街购物的老奶奶，几乎随时都能遇到。

精致美丽的外表，品质不俗的生活，这帮快快乐乐的老太太，让我们几个东方姑娘唏嘘不已。

最动人的画面，是清晨的尼斯，海滨大道上，独坐观海的红裙老太太。

那是到达尼斯第二天的早晨。

我们在海滨大道溜达拍摄，如画的清晨海滨风光，一下子俘获了我们的心，大家四处找位架机，期望拍到更多的美景。

随着镜头的移动捕捉，一个令人心跳的画面进入我们的镜头：远处的海滨大道，洒满金色的霞光；白色的躺椅上，飘拂着一抹艳丽的粉红，让蓝天蓝海白云、白色海滩和躺椅构建的清纯画面，立刻鲜活生动起来！

随着镜头慢慢推进，粉红渐渐清晰，原来是一位安静地坐在躺椅上，看海晒太阳的老太太！

粉红色的连衣裙，配上宝蓝色大花图案的围巾，脚蹬高高的红色皮鞋，厚厚的粉底虽然遮不住脸上的皱纹，但是远远看去，金黄色的阳光、湛蓝的海水、白色的沙滩，粉红色的衣裙在晨风中飘扬……

不用说，这是我们相机里最漂亮的作品。尤其是在灿烂的霞光照耀下，她那涂得非常精致张扬的玫瑰色的红唇，一下子感染了我们几个年轻的女孩子……

谁说美丽妖娆只属于年轻的身影？

我们相约，以后年纪大了，老去的时候，即使变成满脸皱纹、步履蹒跚的老奶奶，一定也要像眼前这位看海的老人一样，穿上粉红色的连衣裙，蹬着高高的红色皮鞋，涂上红红的嘴唇，妖娆走出家门……

快乐的老顽童

法国人非常注重晚年生活的品质。

从年轻时开始，他们就有计划地储备养老金，子女们成年后，经济独立，养育孩子，生活自理。因此，这里的退休老人大多经济富足，生活压力不大，空闲时间多；平时注重锻炼身体、健康饮食，保持良好的体能；定期外出度假和旅游，放松身心，愉悦心情。

长期坚持户外劳动，特别是种植花草树木蔬果等，是法国老人普遍喜爱的锻炼身体的方式。

让·雷波哈（Jean Lhébrard）老夫妇，有两个漂亮女儿和十几个孙辈的，虽已年过80，可仅从他们的动作和精神状态，抖擞如常，很难看出实际年龄。

像大多数法国老人一样，老两口特别热爱园艺，自己动手，开荒辟土，种植花草树木、蔬菜水果；砌墙锯木，粉刷油漆，装修家居环境。

每天清晨，迎着地中海上空的朝霞，老人的第一个身份是勤劳的菜农——侍弄满院的花草蔬菜。

当然，这是个吹着口哨、哼着小曲的快乐老农夫。

浇水施肥修剪，一干就是几个小时；收获的蔬菜水果健康安全美味，不仅自己享用，还经常送给邻居朋友；假期儿女孙辈回来，更是可以随时摘采，大饱口福。

葡萄酒庄主罗伯特（Robert Cohendet）老人，也是快乐的农民，不过，不是菜农，是果农，是开兰博基尼拖拉机、摘葡萄的老农夫，酷毙了吧？

从IBM退休后，和电脑打了一辈子交道的工程师罗伯特，立志回到尼斯乡下当农民，开创他很多年以前就心仪的葡萄种植和酿酒事业，算是第二次创业。

现在的罗伯特，经营着一个家庭作坊式的小型酒窖，耕耘着一片葡萄田，酿制各种品质的葡萄酒。

常年的户外劳动，呼吸地中海的新鲜空气，沐浴灿烂的阳光，让他的身体更加健壮，精力更加充沛，虽已年近八旬，依然自己修剪采摘葡萄，身手敏捷灵活。

岁月流逝，容颜老去，时光的脚步，老人无法战胜；可是，年轻的心灵，健康的体魄，他们始终拥有。

当然，即使老态龙钟，普罗旺斯老人们对于日常生活质量的追求，一如法兰西的优雅使然，品质不俗。定期的旅游度假，不时去餐馆享受美食大餐，依然是他们的保留节目。

在普罗旺斯的各个名胜景点转悠时，经常见到很多银发飘飘的老人，在兴致勃勃地游玩拍照；在尼斯的海边，很多老年夫妻，虽然男大腹便便，女的也是肥胖松弛，仍然旁若无人地穿着小泳裤和比基尼，怡然自得躺在沙滩上晒太阳；尼斯城食街两边，叫上两杯红葡萄酒，两位老人坐在阳光下，津津有味品尝各种美食。

记得80多岁的老爷子让·雷波哈总是强调，假期的外出旅游是他们生活中很重要的内容。

夏天，让会驾驶自己的渔船，带着老伴，出海冲浪，钓鱼，顺便在船板上享受自己的劳动果实；

冬天，老两口自己驾车，穿越雪山，去小女儿位于阿尔卑斯山滑雪胜地的别墅里，痛痛快快地滑雪；

寒暑假和节假日，老两口要准备丰富充足的食品蔬菜水果，招呼好到他们那度假的孩子们，享受天伦之乐。

猜猜烟斗老太在看啥？——看滚地球呢！
（翟晓竞摄于圣保罗村）

夫妻同心，亦步亦趋

　　培养和追寻自己的兴趣和爱好，经营自己的社交环境，让自己在人生的衰退阶段，依然保持独立丰富充实的精神空间。

　　拥有充实的心灵世界，可以大大消解老年人挥之不去的大敌——强烈的孤独寂寞感，乐观积极走完自己的后半生。

　　在让和罗伯特身上，我深切感受到普罗旺斯老人最重要的幸福秘诀。

　　让和妻子的最大爱好是博览群书。社会的、人文的、科学的等等，都非常喜欢，家里到处是他们阅读的地方，连楼梯边都放着一两本书，随时坐下翻阅。

作为资深工程师，制作飞机模型也是让的一大爱好，太太说他像年轻的飞机发烧友一般，痴迷不已，经常捣鼓到深夜，庭院里到处摆满他的制作工具和材料，客厅里悬挂的那架让我们惊叹的飞机模型，就是他最得意的作品之一。

另外，他还参加了一个由退休科技人员组成的协会组织，经常探讨有关科技方面的问题，组织开展各种科技活动，他是协会的主力和带头人。

那天，在果农罗伯特的酒窖里，这位70多岁的酒庄主，身手敏捷，爬上爬下，兴致勃勃地介绍他的酒庄事业蓝图，邀请客人品尝他家的各色美酒。自豪之余，老人有些"炫耀"地告诉我们，种葡萄、酿酒只是他退休生活的一部分，他还有其他更牛的本事呢——

我的酒很受市场欢迎，而且价格不菲，但是，我每年都坚持只出产5000瓶。为啥？酿酒只是我生活的一部分，不能占用太多的时间和精力。

我还有很多兴趣和爱好，两个最牛：开飞机，遨游天空；扬帆船，出海冲浪。我定期参加本地一个飞机驾驶俱乐部和帆船俱乐部的各种活动。

稍显得意的老人，笑眯眯地讲述他的牛本领，可爱极了。

我们疑问，这两项运动看起来很刺激，都需要一定的体魄、毅力和胆量，好像不属于他这个年纪？

这位年近八旬的法兰西老者自豪地告诉我们：没问题！

每月一次的空中翱翔，每周一次的泛舟大海，他已经坚持了30年，而且要一直坚持下去，直到完全走不动为止！

这种胆量和气魄，真让我们这些年轻人羞愧汗颜。

我们向他讨教：这些爱好需要很多钱啊，其他没有钱的老人咋办呢？

他肃容答道："没关系啊，有钱没钱你照样可以找乐啊，在阳光下晒太阳，需要钱吗？去海边游泳，要收费吗？花三两个小时在家里种植蔬菜水果，这需要钱吗？生活的乐趣随处可见，只要你喜欢，愿意走出家门，去寻找，去尝试，都可以获得很多的快乐。"

我们的夕阳红

走访中，我深深感到，不同的国情，不同的经济条件，不同的文化背景，自然带来不同的生活方式。也许普罗旺斯老人的生活质量，我们没办法达到，但他们的生活理念和人生态度，却是值得我们学习……

黑白"老帅哥"，羡煞我们。

普罗旺斯文化在这里不是抽象的，而是体现在一块城砖、一种手工艺、一
株植物当中。（摄于圣保罗村）

PROVENCE

穿越时空的文化

Cultures Travel Through Time And Space

穿越时空的文化
Cultures Travel Through Time And Space

天高云淡，法国南部古老小城阿尔勒（Arles），亚尔广场，凡·高咖啡馆。

华灯初上，姗姗迟来的月亮悬空高挂，咖啡的醇香飘荡，夜色稍显暧昧。

暮色渐重，晚霞的余晖弥漫在空气里，凡·高咖啡馆，已坐满慕名前来的寻梦人。咖啡馆前的露天餐台，我安静端坐，细细品味手中的醇物。

广场粗糙的鹅卵石地面，与一个世纪前凡·高所画的那幅画几乎没有差别：

昏黄的灯光，黄色的墙壁，蓝色的星空，孤寂发呆的客人……

几片飘零的黄色落叶，在夜风的广场飞舞；远处几幢古老城堡的尖顶，在夜色里若隐若现……

恍然，或许时光凝固返照，此刻，我就坐在画家笔下历经百年风雨的咖啡馆，同那位疯狂的天才一起，体会一个世纪前黑夜里那份橘黄色的凄清寂寞……

在普罗旺斯的古城或者小镇村庄游荡发呆时，经常有这样刹那间的体验，恍惚时光倒流，置身神秘奢华欧洲中世纪古城堡，几百年前的窄长幽静石板街道，碧草连天鲜花烂漫的田园乡村……

岁月流逝，沧桑巨变，几百年沉甸甸的历史文化，仍然在现实生活中跳动延续，辉煌灿烂一如既往。

历史和现代，古典和时尚，尊严和骄傲的完美融合。

那些村庄，那些小镇，那些古城

从地中海沿岸，一直延伸到内陆的丘陵地带，由北向南的罗讷河，从内陆流淌到地中海的岸边，不足150平方英里的范围，就是大普罗旺斯地区。

属于这个区域的，除了马赛、阿维尼翁（Avignon）、阿尔勒等城市，还有无数个保留了中世纪原貌的小村落、城堡、修道院，荒芜的峡谷、广阔的湿地和原始自然保护区。

觊觎得天独厚的自然、丰饶的物产，历史上普罗旺斯地区是一个动荡异常、战乱频繁的地方，神圣罗马帝国、中世纪封建领主、法兰西帝国、罗马教皇…

曾经历了多次战争的破坏，但是，所有的战争，都没有能够摧毁当地文明繁衍发展的道路。

踏上蔚蓝海岸，星罗棋布、各具特色的古老城市乡村，随时都会调皮地闯到你的眼前。

那些村庄，那些小镇，那些古城，依偎在碧水蓝天的海滨，缠绵着丘陵起伏的山岗，孤傲地独立于芳草如茵的田野上，任性而倔强，无可取代，散发着被热情浸润过的沧桑岁月和历史遗迹的高贵。

这里是法国最美丽的乡村之一，普罗旺斯地区的梅纳村，英国作家彼得·梅尔（Peter Mayle）笔下让人流连忘返的梦幻田园。

一条纵横的街道，依山而建，从山脚的葡萄园启程，贯穿整个村庄，高高低低，起起伏伏，直通山顶的广场。虽然是村里最重要的主干道，依然狭窄逼仄，如果两边的行人侧身给它腾空间的话，才勉强可通一辆小汽车。

几条用石头铺的棋盘状道路，狭长幽深，盘绕在村庄各处，是贯通山村的主道。村里重要的商业场所，包括商店、餐馆等，都建在这些小路的两旁；岁月风雨的冲刷，铺路石头已光滑可鉴，踩踏其间，必须十分小心。

深入到村庄里面，更多的是鹅卵石铺就的小巷道，很多路段狭窄得只能一个人通过。这些巷道蜿蜒兜转，高高低低，村民的房屋，大多数就在巷道两旁，高低上下，随意伫立。

一些小屋好像很久没有人修缮了，苔藓和植被爬满墙壁，裸露处呈着黯褐色，看起来都有不少年头了。

村里最"雄伟"的建筑——政府的办公大楼，也是一座保留了几个世纪前古堡改建的；街边为数不多的几家餐厅和纪念品商店，都是有几百年历史的房屋。

高处山头的广场，空旷寂静；一座中世纪教堂，在广场边孤寂独立。虽简陋陈旧，甚至破残，但一直是世代村民们做礼拜的好地方。

千百年来，征战不休，动荡不安……只有它，宛如守护天神，静静伫立在山头，日夜保护小村的男女老少，守望着四周的一草一木。

山顶，村里的最高处，有一座古堡，大概有几个世纪了。它耸立在山

坐等历史过客。

巅，地势险要，居高临下，傲视四周旷野村庄。

莫非是为抵御外族侵略而建？

城堡由巨石砌起，外有两道厚厚的围墙，围墙上都建有碉堡和炮台。碉堡、炮台已经凋敝，但仍有一种结结实实的坚固感，与小山凝为一体。

我们爬上山顶时，已近黄昏。暮色苍茫中，古堡的身影越发显得巍峨挺拔、饱经沧桑；透过炮台放眼望去，满目翠绿，一览无余……

如果不是坐在梅纳村长伊夫（Yves ROUSSET-ROUARD）那辆小奔驰车里，真怀疑是否回到中世纪的欧洲田园乡村……

在梅纳村，我们有幸参观了村长伊夫在梅纳的家。

作为前电影大亨，殷实的葡萄酒庄主，伊夫家的房子自然是当地最好的别墅之一。但是，这个别墅同样是一座有好几百年历史的古堡改建的，外形和一般的古城堡没有任何区别。进去之后，才是别有乾坤，里面游泳池、书房、花园等现代化的元素随处可见。

伊夫告诉我们，像梅纳这样保留了中世纪原貌的小村落、古城堡，在普罗旺斯地区随处可见；有的小镇，一个邮筒、一家咖啡馆和一家兼卖明信片、小工艺品的餐厅，就构成了"市中心"。

在普罗旺斯，无论坐拥一方财富的上流社会达人，还是偏僻乡村葡萄园的农民，如果问起他们的住房，无一例外，他们都会很自豪地告诉你，有一百几十年的历史了，或者甚至说有几百年的历史。

许多当地人，特别津津乐道那些有关他们家园的故事。那些故事，多数来自古罗马历史上的传说和人物，美丽幽怨，抑或神秘诡异……为这些流经岁月洗涤的老建筑，平添了许多神秘。

去艾克斯（Aix-en-Provence）走走吧。

艾克斯全称叫做"普罗旺斯的艾克斯"，是普罗旺斯的前首府，从12世纪开始，小城就是普罗旺斯文化、经济、知识中心。

今天，小城仍以古罗马遗迹、中世纪、哥特式和文艺复兴风格建筑而著称。这座拥有林荫大道、喷泉、华宅的中世纪古城，是普罗旺斯最具有"都会"风情的地区。

有人说这里是"法南最优雅的城镇"。阳光、古城、石板路、泉水、梧桐、薰衣草，赋予了艾克斯缤纷迷人的色彩与丰富多姿的文化。

震撼心灵的，依然是弥漫小城的历史感，厚重绵长。

著名的米哈波林荫大道（Cours Mirabeau），是艾克斯的名片。1650年开始修建，东起荷内王喷泉，中间穿过两个玲珑可爱的小喷泉，西至布满雕塑的大喷泉。

大道将艾克斯一分为二，南部的街道齐整划一，直线直角；而北部的街道七扭八拐，错综复杂。

漫步在米哈波大道，阳光照耀在古老的石板路上，一座座精美的喷泉叮咚作响。

大道两旁，银行、商场、写字楼等现代化设施齐全的时尚场所，包裹在古老的城堡等建筑中，各色人流，进进出出；教堂、杂物店、老旅店，都是延续几代人的老建筑，日复一日，迎来送往；夹杂其间的露天"跳蚤"市场，门面很小的香水店，似乎都已经存在几百年。

坐落在大道北侧的"两兄弟"咖啡馆（Deux Garcons），开张于1792年，已有两百年历史，这里一直是著名的艺术家和文人相聚的场所。

岁月的变迁，似乎并没有给这个历经流年的古城带来多大的变化。过往的辉煌，千年的历史，像"千泉之都"的清流，汇淌在大街小巷；似绚烂明朗的阳光，洒满小城的每一角落。

时间将历史定格。

很幸运，陪伴我们游历古城的导游，是在普罗旺斯生活了十几年的旅法摄影家王志平老师。

作为来此地追寻艺术梦的文化人，王老师深有感触地说，法国人对传统的尊重，可以用"固执"来描述。能够保护和延续这些古老的建筑，最根本的原因，也是来自普罗旺斯人对于历史文化，特别是对本民族历史文化的挚爱，对民族精神的坚守。

由此，形成普罗旺斯名城一些特有的奇特景象——

古罗马时期的建筑、几百年前艺术家的作品和生活在现代文明社会的人们，都在这里和谐相处，宁静美好；

几个世纪前建成的古城堡里，当代最前卫时尚的摄影展或者画展举办得如火如荼！

沉甸甸的历史文化，仍在现实生活中延续。

最典型的例子是古城阿尔勒的国际摄影节。

据王老师介绍，每年7月，阿尔勒的老城区，石头古巷里，大量时尚、

在阿尔勒，您现在看到的，跟一百多前年凡·高看到一个样。

新潮乃至超现实主义的作品，都会在这些中世纪，甚至古罗马时期的建筑里面展出。

遗迹周围小广场上，展览诸多风格迥异的艺术珍品，也均出自当今缔造潮流的大摄影师和风流人物！

很遗憾，眼下已是8月。阿尔勒国际摄影节，我们擦肩而过。

古典和现代的完美演绎，实地游走过的阿尔勒、尼姆和阿维尼翁，给了我们最强烈的震撼。

阳光灿烂的下午，阿尔勒古城青灰色石板街。

我不知道阿尔勒有多少动人的爱情传说，或许是王子和公主从此过上平静幸福生活的皆大欢喜，或许是泪流满面地挥手作别，让古典的血液在现代流淌，以现代精神重叙古代传说，这或许是我们既不失忆也不保守的方式吧。

建于公元4世纪的圆形竞技场（Amphitheatre），是阿尔勒最标志的建筑，现在仍然是小城人经常光顾的体育竞技比赛场馆。旁边是古代剧场（Theatre Antique），这座半圆形阶梯式坐席剧场，顽强地坚持着古罗马风格。岁月流痕，台上只残留着一半石柱，但每年演唱会和歌剧表演的主会场还在这儿。古典戏剧、现代艺术、风格怪诞张扬的后现代艺术交替登场。

共和国广场现在依然是阿尔勒居民的休闲场所，圣特罗菲姆教堂（Eglise St-Trophime）静静地坐落在广场一旁，飘散着浓郁的中世纪气氛，沉静神秘。人们漫步其中，孩子们嬉戏其中，鸽子飞来飞往……

这是一幅充满致命吸引力的人类"活着"的景象，这个时候，家国大事啊，宏大叙事啊，是多么的不合时宜。这是茨威格的昨日欧洲，恬静美好，平和无争。荡漾其中，所谓古代与现代，继承与发扬，是我们自设的"尘埃"吧。

阿尔勒人可能是"心中无一物"——没有所谓"代"的概念，顺着时间之流，快乐而宁静地生活，在这种流畅的时间流中，所谓传统与现代纠结的"魔障"又如何生发？

尼姆（Nimes）是法国保存最多古罗马遗迹的城市，这里有古代集水场、奥古斯都门、考古博物馆等等。夕阳下的小街，形态各异的喷泉，或从怪兽嘴里调皮地吐出，或沿植物藤蔓安静流淌，整座城市气蕴生动。

尼姆也有竞技场（Arenes），虽然规模不及意大利罗马的竞技场，但保存得完好，因此格外珍贵。奴隶们的生死搏斗已然远去，两万名观众却可以坐在这里观看斗牛和狂欢表演。这个开放式的文化广场，更多的时候，是当地人休憩之地，或坐或卧，或读或观，走万里路，不如发万年呆，这是富人和渔夫故事的翻版。

阿维尼翁（Avignon）以戏剧节闻世，可惜我没有赶上。只能轻抚一下这座古城的皮肤了。

漫无目的信步老城街道，不见西风瘦马，触目的仍然是壮观威严的教皇宫、教堂、迷人的钟楼广场以及建于鹅卵石路上的小巧商店，这好比是阿维尼翁上演的戏剧，每一个路口转角都有突变，每一个角落都有惊喜。

这里，中古的遗迹顽强生长。铁匠街、染匠街、木工街等等这样的街名随处可见，数百年前这些从事同样行业的人们，聚集在一起努力为生活打拼的景象，不可抑制地浮现。

即使在新城区，商场饭店内部设施已十分现代，但是大都装扮成各式古堡外形，情趣盎然。

这让我想起上海，那些里弄或许还在，作家们也还在怀古，但《长恨歌》的故事最多讲到民国，街道呢？已经改叫中山路、解放路了。

在迷人的钟楼广场前，我安静地坐了很久。

岁月流年，两千多年的金戈铁马，血雨腥风，悄然远去，沉淀为历史或传说；唯有那些钢铁般坚韧的古老建筑，默然看着这些现代文明社会的人穿梭于其中。

雕塑、拱门、城墙，物是人非。历史的体温还在，故事的细节镶嵌在古老建筑的体内，一砖一瓦。

古典是一个无可奈何的苍凉手势吗？

至少在这里不是。

文化依旧，文明依旧

凝固的是建筑，流淌的是艺术。

塞尚、凡·高、莫奈、毕加索、夏卡尔、加缪……星光璀璨，是普罗旺斯成就了他们，还是他们成就了普罗旺斯？

艾克斯是"现代艺术之父"塞尚（Paul Cézanne）的故乡，从市区到近郊，有许多留有塞尚足迹的故居、画室、家族遗产等建筑物；

曾在普罗旺斯长时间生活过的最有名的外国艺术家应属凡·高。这个生前潦倒、死后辉煌的荷兰画家，为这片土地留下了300多幅画作；

莫奈、毕加索、夏卡尔等人均在普罗旺斯展开艺术生命的新阶段；

1957年诺贝尔文学奖获得者、法国作家加缪，死后就葬在他生活过的卢尔马兰村的村民墓地里；

…………

这里的阳光和海滩，丰富灿烂的文化历史，也吸引了众多近现代世界文化名人到此游学定居发展。美国作家费兹杰罗、英国作家劳伦斯、法国作家赫胥黎、哲学大师尼采等人均在这里留下足迹。

当然，还有将普罗旺斯推向巅峰的英国作家彼得·梅尔（Peter Mayle）。

我们此次采访的重要人物，时装大师皮尔·卡丹（Pierre Cardin），几乎把离梅纳村不远的拉科斯特村整个买下。

就连我们这些遥远东方的中国人，也被普罗旺斯永无止境的艺术吸引，不远万里前来游历。

这些历史名人和文化，是普罗旺斯人另一财富。

如何将这些文化发扬光大？聪明的普罗旺斯人，除了全力保护这些名人和文化痕迹外，还通过举办各种主题各异、形式多样的文化艺术活动、展览或者节日，在这片古老的土地上，把他们的文化财富延续得红红火火！

这个地区的活动和节日之多，更是令人目不暇接，闻名世界的戛纳电影节便是其中的翘楚。

从年初1月，尼斯狂欢节拉开欢乐的大舞台，而阿尔勒此刻则以斗牛的形式来庆祝复活节；

2月的蒙顿柠檬节，5月的戛纳电影节，6月拉西塔约的电影节，7～8月的亚维农艺术节、阿维尼翁的戏剧节、欧洪吉的歌剧节，8月普罗旺斯山区的薰衣草节，9月的马赛国际博览会，10月的马赛音乐节，11月的戛纳音乐节和国际舞蹈节，一直延续到12月的西方世界最大狂欢圣诞节，应接不暇。

还有无数的、风格各异的摄影展、画展等，数不胜数，令普罗旺斯地区成为展示法国乃至全世界现代艺术的大舞台。

如果有幸在旅游旺季过来，你会发现，随便哪个古城或者景点，经常会有各种形式的影展或者画展；这还不包括一些城市自己的活动和节日，如古城艾克斯每年的节庆活动也是不胜枚举，有歌剧艺术节、艾克斯音乐节、俄尔甫斯节、钢琴之夜(Nuits Pianistiques)、吉他比赛，等等。

此外，还有短片影展、漫画作品展、第九种艺术聚会等等各种稀奇古怪的展览和活动。

对此，我们摄影师杨老师一路上赞不绝口，感叹大饱眼福。

记得在尼斯的时候，一天早上在酒店外等车的空闲，无意中就在旁边一栋不知道名字楼房的一楼大厅，看到了一个小型的摄影展，还是免费的！杨老师赶快拉我们进去溜达一圈，出来时大家喜气洋洋，感觉自己赚大了！

有人这样说，盛夏季节，游荡在普罗旺斯，每一处停留都是一道风景；我们开玩笑说，还要加上，每一处停留，都有一场影展画展！

林林总总的活动和节日，成为普罗旺斯一道亮丽的风景，吸引了世界各地的文化名流，以及热爱艺术的人，他们聚集普罗旺斯，或展示，或学习，或欣赏，愉悦心情，同时把普罗旺斯的文化播撒到世界各地，发扬光大。

这些活动，不仅承继和发展了各种文化艺术，而且为当地带来了收入和知名度。所以，很多热爱艺术的人说，法国是文化王国，艺术天堂，那么，普罗旺斯，便是这个天堂里最好的地方。

据有关资料介绍，普罗旺斯是当今法国最富裕繁华的地区之一，由旅游和文化活动所带动的蓬勃而发达的第三产业，为他们带来了巨大的财富，使这里成为现代法国经济最活跃，最高效的地区之一。

　　如此看来，普罗旺斯人对于传统文化和环境的保护和传承，不仅造福了自己，也造就了这片闻名世界的旅游度假天堂的繁荣富饶，这些财富又为传统文化保护和延续提供了强大的物质基础。

　　此外，得天独厚的气候，充沛的日照，优质的土地，普罗旺斯地区自然生长的"三宝"——橄榄、葡萄、薰衣草，因其精良的品质，丰盛的产量，催生出这里驰名世界的加工产业。

　　那些贴着"普罗旺斯"商标的橄榄油、葡萄酒和香料，以薰衣草为原料制作的香水、精油、护肤霜、沐浴露、洗发水等系列产品，已是世界顶级品牌的奢侈品，为普罗旺斯人带来更多的财富。

　　非常幸运，这些产业又是依托当地的天然气候和环境，自然、和谐、可循环发展的。

　　气候、物产、风景、古迹、文化和活动，这些美好元素和旅游所带动的第三产业相得益彰，使普罗旺斯地区经济社会健康发展。

　　在当下，由于无节制剥夺资源，毁坏大自然，人类的生存环境正面临巨大的危机。或许，危机中的璀璨明珠——普罗旺斯，真正成为人们梦想幸福生活的天堂。

　　这样幸福的天堂，又何尝不是普罗旺斯人自己创造的呢？

　　据王老师介绍，欧洲各国对文化古迹和传统建筑物的保护和修复意识都比较强，对城镇的改造都是顺应原有城镇机理，不搞大拆大改，从而保护了城镇固有的历史风貌。

　　在普罗旺斯地区，政府对整个城市进行总体规划，划分古城和新城。首先，对于古城，原则是不仅不拆除旧建筑，还要定期维护，对古城堡、古住宅，贯彻"旧瓶装新酒"，即在保持古建筑外表必须协调一致的前提下，对内部实施现代生活所需设备的改造。此外，老建筑的翻新、改建全部需要严格的审批，同时不允许在老城区建任何新建筑，保护形成古迹的氛围。

　　其次，对于新城，总体的建筑风格和文化氛围要与古城协调，不能破坏全城原有的历史风貌和文化形象，力争古典和现代完全融合。整个城市形成古典与现代互为背景、遥相辉映的良好格局。

　　就我看来，这两项原则，或许是比保护古迹本身更加重要。

　　对法国人的这个理念，我早有所闻。据悉，十多年前在巴黎，埃菲尔铁塔所在的老城区，政府为了解决办公面积的严重不足，在塞纳河边，盖起了

一年一度阿尔勒摄影节，老教堂也成为秀摄影艺术的大舞台

唯一一座200米高的建筑，引起全社会的极大反响，认为这个建筑破坏了老城区的历史文化特色，甚至说"彻底摧毁了这个地区的文化氛围"，并把它作为反面教材，绝不允许再次出现。

艾克斯的塞尚故居前，我想起了故乡。

想起了中山六路残存的岭南骑楼，珠江边即将耸立的600米的钻石大厦，广州，这个改革开放的前沿地，到底要在历史与现代的困扰挣扎中盘桓多久？

广州已然现代化，城市改造者的决心有如革命洪流不可阻挡，现代化的步伐雄赳赳气昂昂，发展已成为时代的主题。

而传统如何安身呢？

关于中山六路残存的岭南骑楼，拆还是不拆，成为整个城市的话题。众多媒体、各路精英、广大市民，热烈探讨，激烈争论，各持己见，不一而终。

古代人。现代人。阿尔勒

　　要生存？要发展？还是要保留？这真是一个问题，特别是对于一个近千万人口的城市来说，居者有其屋恐怕比单纯保留或许更重要，执政者有执政者的难处，学者有学者的道理，这很难作简单的评判。但有一点或许我们要特别注意，建新楼永远有机会，来日方长，旧建筑一旦拆毁就永远消失。

　　岭南骑楼是广州近代建筑的代表，是留下还是彻底拆除？如果留下，如何改造，才能不影响中山路的畅通，方便市民生活？

　　广州最高楼西塔还没有投入使用，就传出员村将建楼高500米的广州最高塔，比西塔高出68米。

　　话音刚落，白鹅潭地区就传出将建广州第一高楼——珠江边600米的钻石大厦！

　　回想巴黎人对于塞纳河两岸建200米高楼的态度，我们是不是应有所谨慎呢？

　　其实，中国的建筑传统，恰恰不是求高的，它追求的是依山傍水，不是垂直上升，而是横向蜿蜒。

　　广州一再宣称要把珠江美化成塞纳河，现在，夜游珠江成为我们对城市建设的集中颁奖，两岸灯光张扬，高楼大厦成为巨大的怪兽。

　　有时我想，城市的建设者才是这个世界上最重要的艺术家，作品如何，是要过若干年才知道它是升值还是贬值的。

　　在《左岸偏左，右岸偏右》一书中，作者何农等人对于普罗旺斯有这样的精辟评价：普罗旺斯最宝贵的财富是文化。文化是普罗旺斯得以有今天知名度的根本，也是它继续享有盛誉的根本。文化在这里不是抽象的，而是体现在一块城砖、一种手工艺、一株植物当中。

　　穿越时空，文化依旧，文明依旧。

红土城朝阳之窗

PROVENCE

阳光之路

Sunshine Road

每年5月中旬开始，蔚蓝海岸的沙滩上，便横陈竖躺着密密麻麻的胴体

在阳光下曝晒了一个上午，我们已经非常疲惫。此刻，正午的阳光当空洒射，裸露的脸庞和肩膀更加火辣辣的痛，刚坐了几分钟，实在是有些受不了。

看来，太阳下的美食大餐，姑娘们实在无福消受，商量进去旁边的室内餐厅。

这时，发生了很搞笑的一幕。

在我们起身离开那张我们好不容易找到的露天餐桌时，身旁已经在路边等待好久的一家三口，立刻露出狂喜，满脸笑容地给我们点头示意感谢！这可乐坏了我们。

进入餐馆室内，却是另外一幅情景。

宽阔的厅堂摆着精致的座椅餐具，凉爽舒适，却只是三三两两的几个食客，看起来多是亚裔面孔。

透过餐厅玻璃，我们看到街上，盛夏正午的烈日，刺眼灼热，许多妙龄美女被太阳晒得不停流汗，精致的妆容也被破坏，但是丝毫不影响她们的兴致，依然谈笑风生，大快朵颐……

文化传统和风俗习惯真是奇特的景象！同是品尝口中之乐，只是一扇木门和玻璃的隔离，便是两种文化、两个世界，天壤之别。

每当忆起普罗旺斯那阳光时，我总是忆起红土城的红，红得沸腾，红得吐焰，衬得天空愈发愈蓝。（摄于鲁西永市政厅）

此行很遗憾，早出晚归采访的我们，唯一一次的普罗旺斯"阳光花园大餐"，也只是早餐。

那是在梅耶酒店的一个清晨，采访任务是11点钟后，大伙睡到自然醒时，已将近上午10点。来到餐厅，不约而同，我们都把食物端到了餐厅外面的餐台上，开始了异国的阳光花园早餐。

说到花园，其实就是酒店后门的一个小院子，面积虽不大，但同样的法兰西风格，非常精致漂亮。纯白色的餐台椅子、多色花木、草坪、游泳池一应俱全。夏日上午的阳光，灿烂而不耀眼，伴着微微的凉风，温温柔柔熨帖心灵，感觉神清气爽；金黄香脆的牛角包，浓香四溢的法式咖啡，调和着满眼翠绿的植物，伴着晶莹透亮的泳池，弥漫着温馨宁静的舒适。

不由得再次感叹普罗旺斯人实在是太会享受生活。

此行见识到最震撼雷人的"阳光大餐"，出现在从尼斯去梅纳村的高速公路"太阳之路"上。

巴黎连接马赛的A6、A7线高速公路以及附近的大小道路，因穿越在"骄阳四射"的南法地区，故被当地人称之为"太阳之路"。法国人对于"骄阳"的迷恋程度，可见一斑。

当时是正午12点，已在"太阳之路"奔驰了近两小时的我们，燥热疲惫，准备去路边的一个休息站休息和午餐。这是一个非常普通的高速公路休息站，在法国随处可见。估计是全国公众假期的缘故，宽敞的停车场停满了大大小小的车辆。

进入餐厅里，整洁明亮，倒是顾客没有我们想象中的多，三三两两；食物无非是咖啡果汁三明治意粉类，简单随意，也不便宜，颇让我们失望。吃完一盘难吃的意粉，我们走出餐厅，去到旁边的小食店买饮料。

震惊雷人的一幕出现在眼前：

餐厅外面的一块空地上，黄褐色的土质地面还没有平整，夹杂无数小石子。可就在这块几乎有一个足球场大的简陋空地上，竟然摆满了白色的桌椅，坐满了正在午餐的旅客。

老老少少，男男女女，顶着当空烈日，不惧几乎要把人烤焦的高温，忽略就在身边呼啸的嘈杂刺耳的车流噪音，津津有味吃午餐，其中还有很多穿着清凉暴露的漂亮姑娘！

难怪餐厅里人烟寥寥无几，原来都在这里享受太阳！

要知道，这只是一个高速休息站的快餐厅，大多数人的午餐就是一杯咖啡和一个三明治而已，时间大概不会超过15分钟。可是，就是这简短的15分钟，他们都不放过和阳光亲近的机会，真是让我们目瞪口呆！

无论如何，阳光是法国人最重要的一道菜。

普罗旺斯的精灵

一年拥有超过300个天高云淡、阳光普照的日子。

上帝独宠此地。

将海洋、原野、山脉赋予的同时，不忘赐予他们最重要的珍宝——灿烂的阳光。

是它，普照滋润万物，激活了海洋、原野、山脉沉睡的生命，让海滩成为人们孕育快乐愉悦的温床；

是它，带给当地人丰饶的果蔬等物产，成就了法国农场、美食摇篮、经典酒窖和厨房花园；

是它，催开了漫山遍野的花海，装点普罗旺斯春夏秋冬的万种风情；

是它，激发了无数艺术家创作的灵感，造就了近现代西方文化艺术圣地之一。

如此稀世之宝，如何不让普罗旺斯人无上珍惜眷爱？

在让·雷波哈（Jean Lhébrard）老人那座"面朝大海，春暖花开"的花园凉亭里，我们曾经聊起过关于阳光的话题。

出生于巴黎的让，能和来自阿尔及利亚的妻子相识钟情，普罗旺斯的"艳阳"是关键词：

50多年前，天南地北的两位年轻人，四处追逐阳光的脚步，在阳光最灿烂的蔚蓝海岸，终于停留。

老先生很自然地说，我们钟爱大自然的一草一木，更不用说照耀万物的阳光了！这些都当然要珍惜喜爱。

他不解我们的疑问：阳光带给我们太多的愉悦快乐和健康，多少钱都买不到！是上帝赐予全人类的财富啊，你们难道不喜欢吗？

我思忖，敢情他们崇尚古铜色的肌肤，和东方人相比，还真的不仅仅是审美标准方面的问题，更深层次是人生理念和文化传统方面的差异。

相比较世界上其他区域的民族，西方的欧洲人更加崇拜和热爱大自然，

红屋顶，在阳光充沛的环地中海地区很常见。

多有平和而体贴的自然之心。

　　起源于古希腊时代的"田园主义"，在欧洲风靡千年，经久不息，就是他们崇尚自然理念的精华体现，其中尤以法国人为集大成者。

　　这样说来，这里流行太阳晒黑的肤色，"田园主义"的文化内核是主因。

　　真的，如老爷子让所言，阳光不仅仅是他们的爱情信物；对于普罗旺斯人来说，已经和空气一样，成为生存的根本。

　　或许，"普罗旺斯的阳光"，就是照亮普罗旺斯人心灵的天使！仿佛那是一座灯塔，为普罗旺斯人行走人世间的梦导航；一路陪伴他们，跨越快乐健康的人生之路。

　　离开普罗旺斯的前夕，尼斯蓝色海岸国际机场的广场上，阳光依然绚烂。我十指紧握，抬头凝望无边无际的苍穹，默默祈祷：太阳啊，宇宙的精灵，何时能穿越万水千山，让你那无私不朽的灿烂，也照亮大洋彼岸的我们，行走快乐健康的幸福人生路吧！

这个村子很阳光。彼得·梅尔（Peter Mayle）1986–1995年隐居于此。

结束普罗旺斯"太阳之路"的感悟，已是一个秋日的清晨。

我收拾好随身物品，跨出家门，赶往上班的路途。

也许是长时间浸润在大洋彼岸的阳光里，我的心情一如阳光般的疏朗鲜活。

轻盈漫步在来去无数次的人行道上，我第一次发现，晨光中的羊城大街，别样的亮丽：宽阔整齐的街道，两边绿树繁茂，木棉花盛开；东方的太阳冉冉升起，暖暖的洒满全身！

唯一遗憾的是我身边来往的行人。

无论赶学的小学生、买早餐的妇女或者跨步疾走的中年男人，似乎没有人像我这样舒展的笑容，缓慢适中的步伐。

大家多数面容紧绷，步履匆匆，更不用说和我一起，分享陪伴身边美丽的羊城街景。

为啥要这样匆忙紧张？为啥如此紧绷脸庞？

特别是那些年幼的小学生，背着沉重的书包，迈着和成年人一样急促的脚步，稚嫩的小脸上，印着和年龄不相称的压力痕迹，令人心酸，唏嘘不已；

身边像木棉花一样漂亮的年轻姑娘，一个个埋头赶路，真想和她们聊聊：美眉们，抬头看看天空吧，你定会收获阳光般灿烂的笑容；带着它走进单位，一定会赢得男同胞的声声赞美！

不知咋的，那天黄昏，行驶在普罗旺斯乡村大道，摄影杨老师的感叹，此刻涌上我的脑海：我亲爱的羊城同胞，别暴殄天物啊！

是啊，宇宙就一个太阳，它像全人类的慈母，永远屹立天边，守望她的孩子们。年复一年，普照大地，温暖万物，默默奉献。

只是，慈母的阳光，能否穿透胸膛，照亮孩子们的心灵，关键取决于同是子民的你我，能否像蓝色海岸边的普罗旺斯人一样，敞开胸怀，用满心的热爱去迎接那灿烂的天使！

离单位的距离越来越近了，我忽然感觉上班的路程好短啊！

实在不舍告别一路陪伴着我的暖暖霞光。在单位门口的人行天桥上，我悄然站立，倚靠在栏杆边，再次聚神仰望悬挂天穹的太阳：

这不是普罗旺斯的太阳吗？

一样的灿烂，一样的闪耀，一样的温暖！它真的听到我离别前的召唤，来到了万里之遥的东方古老羊城？

液体阳光——橄榄油，地中海人一日三餐都不能无此君！

卷四　幸福的余韵

Aftertaste Of Happiness

放眼世界版图，要是说"食在法兰西"，料想无人反对
（摄于阿维尼翁）

已在普罗旺斯寻找幸福多日。

已看过比火更艳的鲁西永镇，也凭吊过黯淡的中古世纪石屋；

已听过明星女作家的脱口秀，也感受过边塞梅纳的无声村语；

已抚过尼斯海滩温暖的鹅卵石，也伸手探过预言家喷泉的沁凉；

已嗅过个性鲜明的薰衣香，也品过乡愁般隐隐约约的橄榄暗香。

可是，这还不够，远远不够。

要寻找幸福，还得去餐桌上转一转。

因为，这是在法兰西，尤其，这是在普罗旺斯。

　　若聚焦我国，公认的说法是"食在广州"；唯蜀人有意见，生造出一句"味在成都"来PK；

　　若放眼世界版图，要是说"食在法兰西"，料想无人反对。这个在世界地图上活像一只懒散大海龟的民族，素以嘴馋、贪杯引起大家讪笑。

　　据说法国已向联合国教科文组织提出申请，把"烹饪和美食"列为"人类非物质文化遗产名录"。

　　我们非常看好申请的成功率。

　　为啥呢？因为联合国教科文组织总部就在巴黎呗！近水楼台不得月，那还不得大闹天宫？

　　在这个国家，大厨、品酒师，是无上高尚、无上荣光的职位。

　　前几天拜会的品酒师帕斯克（Pascal Vincent），高中学历的他，已在巴黎一口气出过五本书。

那么，就法国而言，哪里才是美食圣地呢？

大家垂着涎，眼巴巴地看着"大海龟的右后爪"普罗旺斯——

是地背靠大山，面朝大海，阳光充沛，得天独厚，厚土载物，为全法乃至全欧的大果篮、大菜篮，乃世界上最大的粉红酒、黑松露产区；

是地文化混血，人多嘴杂，民风慵懒，游客扎堆，好吃，懒做，享乐主义风行。

与其说波浔·梅尔（Peter Mayle）写的是风情系列，还不如说他写的是美食系列。

他自嘲说，他的职业就是吃午饭。

没错，这个英国来的美国人开着车在村头巷尾兜兜转转，哪里有好吃的就停下来品一品。

这是一个用刀、叉、开瓶器写作的人，一个用舌尖蘸着粉红酒书写的人。

另外一个美国来的大婶乔治妮·布伦南大快朵颐后，也用油渍斑斑的吮指敲打出一本随笔——《一头猪在普罗旺斯》。

皮尔·卡丹（Pierre Cardin）餐厅墙上贴有一句标语：要是吃饱了，就能触摸天堂。

要是不仅吃饱，还吃美了，是不是就能飞到三十三重天之上？

幸福的余韵：味在普罗旺斯……

罗曼·罗兰说过，法国人之所以浪漫，是因为它有普罗旺斯。
我们说，普罗旺斯之所以浪漫，是因为它有薰衣草。

芳草传说

The Legend Of Lavender

薰衣草 *Lavender*

普罗旺斯三宝之一。

其花为小麦穗状，花期在7月前后。

普罗旺斯为世界上最大产区。塞南克隐修院前的花田，为头号观光点，天下有情人膜拜的浪漫基地。

能治疗七十多种病，在古代被尊为"穷人的草药"。

能萃取精油、香水，留香恒久远。

雅号"宁静香水植物"，有安神之功，大白天，普罗大众是天底下最心平气和的闲适人；一俟入夜，他们是人世间睡得最香最甜的卧客。

罗曼·罗兰说过，法国人之所以浪漫，是因为它有普罗旺斯。我们说，普罗旺斯之所以浪漫，是因为它有薰衣草。

芳草传说
The Legend Of Lavender

在普罗旺斯，有这么一个传说：

少女在野外偶遇一个腿部受伤的少年。

那个紫衣少年，轮廓就像蔚蓝海岸线一样优美，笑容足以融化阿尔卑斯山冰雪。一见倾心的少女把他搀回家疗伤。

伤养好了，似玉少年就要走了，少女也要跟着一起到他花香满径的故乡去。

村里的老奶奶悄悄告诉她，把一种芳草抛到少年身上，就可以试出他是否真心。

困惑的她遂"探花郎"——

蓦然间，少年化作一缕紫色的轻烟，袅袅飞走，留下一句耳语隐隐约约：其实，我就是你想远行的心……远行的心……

这种芳草，就是天下无人不识的薰衣草。

普罗旺斯之吻。（摄于艾克斯大学城）

普罗旺斯之春

塞南克隐修院（Sénanque Abbaye），前边有着大片的薰衣草花田。

花田在一垄垄地梳理着松弛的紫金梦境；花袭人，香怡人，芬芳盈谷。

她宛如一根根琴弦，遥遥蔓延至天际，观者目光如弓，悠悠游走着紫色的乐韵。

煦风拂过，漫山遍野的紫色海浪奔浪流，文字无法形容的美，尽情踊跃在摄影师的镜头里。

……

很沮丧，以上仅为传说，仅为臆想。

我们确实来到了塞南克隐修院，可是没赶上缤纷时节。

前后因公因私造访过普罗旺斯四次，可惜的是，我们不是来得太早，就是来得太迟。

来早了，只能看到绿油油一片；来晚了，勤劳的花农已收割殆尽。

薰衣草的花期，究竟是在什么时候呢？

普罗旺斯横跨五省，从海滨到平原到山区不等；就是在同一省份，有的挺拔于高山之巅，有的摇曳在原野路边，因而花期各各有别。

普罗旺斯之夏　　王志平/摄

世人皆爱薰衣草，凡·高（Vincent van Gogh）不，
蜜蜂般勤劳的他只爱向日葵。

　　窃以为，就游客屐痕所踩之处，6月底7月初，这20天大饱眼福的成功率较高，这也是琼瑶拍《又见一帘幽梦》取景普罗旺斯的时间。

　　既然无缘观赏最美丽的表演，那我们就欣赏一下最古拙的幕布吧。

　　塞南克隐修院，横坐于郁葱山谷之间，迄今已有800多年历史。

　　极艳的花儿，最好有极拙的建筑来陪衬。

　　中世纪风格的塞南克隐修院，被誉为"法国最美的修道院"。

　　一组低矮的房子，简练几何形，线条干净，了无雕饰，色调如铅笔画般朴素。

　　罕见的横向铺叙，谦卑地与大地融为一体。

　　隐修院不对外开放，崇尚静默、清贫、禁欲、茹素、垦荒的天主教西多会僧侣于此隐修，无垢的心灵，栖身于洗尽铅华的建筑。

　　每年仲夏，隐修院就被一片片紫色的云升起来，幽幽的钟声敲响，那是天堂的心跳……

每年仲夏，隐修院就被一片片紫色的云升起来，幽幽的钟声敲响，那是天堂的心跳……

紫色丰收，粉红"醉"美。

PROVENCE

Rosé

葡萄粉红

粉红酒 *Rosé Wine*

普罗旺斯三宝之一。

普罗大地有三分之二面积覆盖着葡萄园，此地土壤透水性强，砾石遍布，堪称葡萄种植的风水宝地；强劲的密斯托拉风，则为葡萄秋涤尽虫害。

葡萄酒分红、白、粉红三种。

粉红酒是世界上最古老的葡萄酒，早在公元前6世纪，踏浪北上的腓内基人，就开始在普罗旺斯生产粉红酒。

世界粉红酒看法国，而法国粉红酒，有一半都是普罗旺斯酿的；普罗旺斯产的，八成都是粉红酒。

葡萄宝贝美入画。

　　我嗅到了普罗旺斯葡萄园里阳光的暖味道，轻轻抿一口，就像蜜夜时那个轻轻的初吻，清新柔顺的酒体滋润了齿颊，陶醉了味蕾，轻轻地合眼，反刍着粉红色的回忆……

　　别那么红，别那么白，壶中日月长，生活粉红就好。

葡萄粉红
Rosé

　　终于站在了普罗旺斯坡上的葡萄园。

　　摩挲着红于二月花的葡萄叶，辨读着细腻的叶脉经纬，眺着山那侧渐行渐远的罗马。

　　在很久很久以前，我采访过一个香港酒评家，他说李嘉诚在法国南部买下一个葡萄庄园，专门为自己家族酿酒。

　　一株株葡萄青藤起伏于普罗旺斯的过半土地，一串串丰满紫葡萄挂满山坡、海边和林间，一家家酒庄星罗棋布，又有谁知道是哪一家效劳于远东巨贾呢？

　　我们造访的是罗伯特的酒庄。

　　七十七岁的罗伯特退休前是IBM的工程师，酿龄已有十余年。搭上他这一叶扁舟，我们得以畅游法兰西美酒文化长河。

　　他说，葡萄酒是艺术品，酿酒的人都是艺术家。

　　葡萄园收获的日子，是盛大的节日，家里人都赶回来，三代同园；老朋友这时候也会赶来联谊，邻居也过来帮手。轻轻地把第一串葡萄放到篮子里，这是个神圣的时刻；篮子一点点沉重起来，又突然轻了起来，往身旁一看，呀，原来是他为我托住了篮子，四目交接，会心一笑……

　　天酿、地酿之后，轮到人来酿酒了。

　　葡萄液与橡木桶朝夕共处，会化合反应成丹宁——丹宁能让"单声道"的葡萄酒变成"立体声"，变得酒体丰满、口感和谐。

　　酒储入桶中，具体会酿成哪种口感呢？

　　罗伯特耸耸肩：这个秘密只掌握在上帝手中。

我说：中国景德镇烧窑也这样，无人知道出来的瓷器会如何。

罗伯特接龙道：生宝宝也是一样的。

美丽新生命的孕育，充满着期待，也闪烁着忐忑。我突然觉得圆溜溜的橡木桶，就像一个伟大的孕妇。

人要"酿"上十月才能分娩，酒呢？

起码得在橡木桶里酿个半年，最多不能超过两年，幸福并不是越酿越浓。

酒在橡木桶里，每年会挥发掉4%左右。"这是送给天使的，"罗伯特一脸庄严告诉我。

——听至此，我们由衷赞叹说：酿酒的人，真的是艺术家！

而且是个劳碌命的艺术家。所以，在费心的酿酒和费舌的品酒之间，旅居普罗旺斯的英国作家彼得·梅尔（Peter Mayle）毫不犹豫地选择了当艺术鉴赏家，而非艺术家。

每个酒庄主，都以酿出好酒为无上光荣。

我曾经看过一则外国酒广告：

小山村，一瓶瓶酒被装上大卡车，村民们面上挂着淡淡的欣慰，浓浓的不舍。卡车启动的刹那，一个大爷，一个长得很像罗伯特的大爷，突然冲了过去拖住车子号啕了起来……

这种场景，与我曾在瑶寨见过的哭嫁一样。

爱别离，本就是人生之恸，想到这，我的眼眶也有点潮湿起来。

法国人爱喝酒，一日三餐，餐桌上都会摆上酒，这是地中海文化的一部分，每餐喝酒的传统，已传承三千年。

听到这儿我苦笑：如果这个酒是中国白酒呢？

醉乡路稳宜频到，他处不堪行。但愿长醉不愿醒，忘却今夕何夕、今世何世。

鉴照人影，酒映人心。

酒乱性，酒壮胆，酒长舌，酒伤身，酒催泪，酒无力——举杯消愁愁更愁。断送一身唯有酒，酒杯虽小溺死人。

我们的酒文化，浸泡着太多的惨虐，太多的哭恨，太多的危机。

我们的酒，貌似柔情似水，实则酷烈如火。一朵水样的火焰。

中国白酒酩酊大醉，法国粉红酒微醺……

罗伯特说，这叫绿色丰收

　　恍惚神游间，看到罗伯特手指远方：你们看，你们看，那边有一座修道院，他们也酿酒，呵呵呵，他们都是好僧！

　　我早就听说，在普罗旺斯，凡有修道院处，就有葡萄园。——修士也疯狂？

　　罗伯特回忆说，英法百年战争烧毁了天国理想，于是修道院把葡萄园分给修道士们，让他们不至于因战争而颠沛流离。

　　要特别指出的是，"好僧"们酿的是葡萄酒，而非二锅头。

　　罗伯特说：酒对于我们法国人来说很重要，我们是为酒的美味而喝酒，不是为醉而喝酒。把酒喝下，酒的味觉就会沉入你的记忆。

　　一泓海水杯中酒。那些候鸟般南飞蔚蓝海岸度假的游客回到北方时，一杯粉红酒，可以勾起他们浸透地中海炙阳的仲夏回忆。——巴士德说得多直接啊：没有酒的日子，就是没有阳光的日子。

教皇新堡（Chateauneuf du Pape）酒窖内景。据说在普罗旺斯，
凡有修道院处，就有葡萄园。醉倒众生，修士也疯狂？

多数国人只知道葡萄酒分红酒、白酒两种，却不认识"小三"——轻俏可人的粉红酒。

罗伯特说，上帝总是宠爱普罗旺斯，这片神奇的土地，是地球上最早、最大、最好的粉红酒产区！普罗旺斯的血管里，徐徐流淌着粉红色的血液。

普罗旺斯产的酒，八成都是粉红酒，这个比例，还在逐年攀升。

粉红：普罗旺斯的又一种颜色！

这种酒格外般配普罗旺斯。

此地一年日照逾三百天，三季如夏，用餐时，来上一杯清凉可口、果香馥郁的粉红酒，极尽视味之娱；

此地富有山居气质，而粉红女郎不摆架子，没有红酒的贵族气，不用在品尝时搞那套繁文缛节。甚至不怎么需要醒酒，打开就喝，一喝就直接下肚，畅快！

粉红酒还身怀绝技：不挑食，来者不拒，一视同仁，几乎与所有的菜肴相得益彰。口味很重的马赛鱼汤，只有粉红酒是它的绝配；酸酸甜甜的亚洲料理，用粉红酒来搭档，百不失其一。

乡村集市，自产自销。

凝碧的橄榄，地中海之树。（摄于卡萝儿庄园）

PROVENCE

橄榄常青

Evergreen Olive

橄榄树翠到滴油，滴到三毛梦里，从此她给人生押上了吉卜赛的韵脚。
（摄于卡萝儿庄园）

后来，她在书中这么回忆——

米歇尔和我决定分开探寻这片树丛。夜晚的树丛静谧无声，脚踩树叶的沙沙声，橄榄木的爆破声，一切都美妙得说不出，一切都惬意无比。"看到星星了吗？"我下意识地抬头，眼前这个男人，邀请我进入到他生命里的男人，微笑着对我眨眼。生命，多么的神奇！

从此，她常常在星夜下看着这些橄榄树，欣赏每一棵树的独特之处。

晚秋时节，果实簌簌掉地上，仿佛在对着她提示些什么。

普罗旺斯人Rene惊呼说你怎么能浪费上天赐给的礼物呢？于是有偿教她打理这些树。

没过多久，庄园居然榨出了橄榄油，这让她非常兴奋！

卡萝儿自述

慢慢地我想知道，是谁最初种植了这些橄榄树？我很想了解它们的来龙去脉。

于是，我用了16个月的时间环游地中海地区。

橄榄的收获季，从10月持续到12月，到那时候，果实会全部变成黑色。把网放在橄榄树下，我们是用手来摘果实的，这是传统的方法。如果使用机器，很容易弄坏果实。

摘完果后，必须以最快速度冲到磨坊，这样才能榨出最新鲜的油。

（卡萝儿带我们下山，七拐八弯，找到了一家老磨坊。坊主Alexandre是一个很拘谨的中年男子。后来出门时她说，坊主的老婆嫌他干这行又累又不挣钱，跟人跑了。）

你们闻到磨坊里飘散的香味了吗？这种传统磨坊在蔚蓝海岸，可能就剩那么一两间了。

不同庄园的橄榄榨出来的油不一样，同一庄园不同的树结出来的果榨出来的油也不一样，同一棵橄榄树在不同年份、在不同磨坊榨出来的也不相同，所以，每一瓶橄榄油都是独一无二的。

不仅传统磨坊越来越少，用传统方法种橄榄的也不多见了，年轻人都去大城市打工去了，传统农业正在萎缩，许多国家用飞机来播撒化肥、农药，这非常不好，让我欣慰的是，我的许多读者和我一样，热衷于有机耕作。

桌上这七本谈橄榄的书都是我写的，在全球的发行量已经超过100万册，为了保留传统，得有像我这样愿意讲这种故事的人。

三种橄榄人生

虽然橄榄树六岁就能结果，而一百岁的橄榄树，只不过是个BABY。卡萝儿漫游地中海诸国时，见过六千岁还在结果、还能榨油的橄榄树，那一刹那她很震撼！

她说，橄榄树拥有尊严和人性，在残酷的自然环境下，它保持良好的心态，蓬勃生长。想要摧毁一棵橄榄树是很难的，无论是大火焚烧，刀斧砍伐，它很快又会恢复、生长起来，获得重生，它是不死树。

不能生育的卡萝尔，因此受到了巨大鼓舞，她通过写书，又鼓舞了读者，很多无后的读者给她写信，谈论生活的种种乐趣。

——对她来说，橄榄树已经上升为一种图腾，幸福万年长。

橄榄树象征着永恒。

这种永恒，对于卡萝儿来说，是一帖疗伤的妙方；而对于另一个漂泊到普罗旺斯的外方人凡·高而言，却是一个无法醒转的噩梦。

无名、无利、无红颜、无知己，他四大皆空。

在圣黑米（Saint-Rémy-de-Provence）病房的窗外，能看到大片橄榄林。在他的画笔下，快要爆炸的太阳在歇斯底里地逼供，橄榄树痛苦地扭曲着躯干，颤抖的叶子眼看着就要片片凋落。

他被生活判了无期徒刑，活着，对他是一种伤害，在这个悲惨世界再活6000年？那将是多漫长的伤害？

在榨出数以百计橄榄油般珍贵的画作后，他终于抡起雪亮的斧头，伐倒了自己的生命之树。

同一棵橄榄树，在卡萝儿看来是神圣的，在凡·高看来是痛苦的，在中国女作家三毛看来，却是浪漫的。

她爱上了一个西班牙男子，在他的家乡，街头巷尾、田间地头，都驻扎着一片绿云，爱屋及乌，橄榄树成了家园的代表，为了梦中的橄榄树，她愿意流浪，流浪到远方。

一念天堂，一念地狱。个中之妙，存乎一心。

橄榄长青，你的心灵呢？

松露、味蕾，吃、吃不到，欲望的火焰，
在两者之间明明暗暗闪烁个不停。

PROVENCE

最美味不过松露

Nothing Is More Delicious Than Truffles

我想，黑松露的诱人，是不是跟它的天价不无关系呢？
一口口地嚼着金子，再不把它想像得美味些，怎么对得起自己？
或者，怎么对得起"款"待自己的伊夫村长呢？

最美味不过松露
Nothing Is More Delicious Than Truffles

销魂的时刻到了！
伊夫（Yves ROUSSET-ROUARD）村长要请我们吃松露！

上山猎松露

伊夫，梅纳村村长，我们的新朋友。

他当上一村之长后，一直在忙招商引资。

他研究松露研究了30年，出版过一本像同胞、占星家诺查丹玛斯（Nostradamus）一样富于担当的未来学专著：《松露的将来：面对温室效应》。

他集结闲散村民，在村里开发了法国第一个政府经营的黑松露种植基地。

村里还开发了一条"松露之旅"。这条线路超短，从村委会出发，piā piā走几下就到了；这条线路超现实，就是让游客掏腰包买松露。

我以为，改为"黑金之旅"更准确——黑松露的外号叫黑黄金嘛。

村长喜滋滋地告诉我，在旅游淡季，这可是村里一个重要的吸金点。呃是的，这确是一条吸金之旅！

同行的是一群俄罗斯来的大厨。毫无疑问，这正是村长锁定的目标客户。

在伊夫村长的率领下，我们和那群北极熊般高大憨猛的邻国大厨们爬到小山上的基地去猎松露。

所谓基地，就是一片橡树林，两个球场那么宽。一颗颗橡树，像一棵棵绿色的心脏，被倒叉着祭天。

这是法国餐饮界神奇之树，葡萄美酒少不了它——橡木桶酿酒，黑松露也不能没有它。

我好奇的是，作为一种寄生在橡树根系下的蘑菇，松露其实跟松树零关系。那为啥取这个名字呢？是不是因为他（注意，我这里开始用"他"来称谓了）长得蛮像松果呢？

松露猎人带着松露犬开始"打猎"。——这种配置，简直是在猎松"鹿"。

用"猎"字，足以说明松露这个无腿的猎物，像四条腿的野兔那样难逮。

"猎人"掏出香肠犒劳
松露犬。（樊文彦/摄）

瞧着金贵的松露，再不把它想像得美味些
怎么对得起自己？（瞿脆竞/摄）

那条炭黑色的狗狗哼唧哼唧地出发了。它压扁身子，贴近地表，左嗅嗅，右抓抓，间或作狐疑状。突然，它猛地调头，尾巴摇摆个不停。

一直沉默的猎人跪在地下，拿铁榔头在那棵橡木树旁刨了起来。

猎人穿着灰灰的运动衣，脸色也黯灰，更令我注目的是似乎瞳孔也灰蒙蒙的——难道猎松露，靠鼻子足矣，眼睛功能因而退化？

大概只挖了20厘米，猎人连着泥，把一团像松花蛋那么大的东西捧了出来。——不怎么像松果啊，虽大小相当，但松果浑身披满极富叛逆气质的逆鳞，而松露则低眉顺眼、卑琐得很。我为自己考古失败感到沮丧。

看得出来，松露专家伊夫的心情很靓，他对自己的属下——无论是猎人，还是猎犬——都非常满意。

这位前巴黎电影大亨以哑剧演员的夸张手法，小心地从猎人手上接过松露后，开始演说：就像花儿离不开花泥，松露也离不开土壤，否则他就会很快失去这种迷人的芳香……

他们正在饕餮普罗旺斯餐馆的保留美食——黑松露？（摄于师尔曼）

　　然后他把松露凑到我鼻子跟前，并活泼地把气味用手赶过来。此举纯属画蛇添足，那坨黑不溜秋的家伙打出土以来，就开始没完没了地野蛮进攻我那倒霉的鼻子。

　　无法形容这是一种什么样的气味。我只能说：

　　一，他绝对比榴莲更邪恶、更具毁灭性——人间能得几回闻！

　　二，今生今世，我们休想摆脱对他的回忆——只要一看到黄土、黑狗及橡木家具。

　　天龙八部中有一部名曰"香神"，不嗜酒肉、专寻香气；我曾见过有人一闻到香蕉水的气味就轻轻地闭上眼睛静享的，也见过有人爱汽油那股味儿爱到想学油箱咕噜咕噜来两口的。

　　看到这里，可能会有读者很不耐烦地抨击：喂，如果写实，松露应该用"它"；如果抒情，应该用"她"；怎么你们一直用的是"他"呢？

　　嘿嘿，松露偏偏就是"他"！

伊夫笑容暧昧地说，松露分泌着一种雄性荷尔蒙，所以对雌性动物非常具有吸引力。——难怪，巴黎交际花欧里妮的睡眼迷离地说："我爱男人，因为我爱松露。"

村长笑嘻嘻地拍了拍那头黑猎犬，说这是一条美女犬。

"美女"正在津津有味地啃着犒劳它的一根香肠，被村长一拍，赶紧呜呜地附和了几声。

伊夫告诉我们，面对松露哥这种花花公子气味的诱惑，母猪也疯狂。

爱财如命的猎人偷窥到这个隐私后，就让母猪上岗当"猎猪"——这可是猪猪洗刷"不作为"形象的好机会。

母猪比猎犬强的地方，是它的鼻子居然比猎犬更好用——当然仅限于松露，她一旦嗅到地下一尺宝贝的雄性气息后，它会发疯般地拱土——所以黑松露又名"猪拱菌"。

母猪比不上猎犬的地方，在于它爱松露哥，爱到海枯石烂，爱到不顾一切，它疯狂地拱土，疯狂拱出松露之后，便疯狂地一口嚼掉，完全不顾猎人力不从心的劝阻，以及破财之后打击报复的有力鞭打。

而狗狗呢？伊夫怜爱地拍拍那头黑猎犬，看着它把最后一小截香肠咽下，说它是人类的好朋友，它爱松露，更爱主人，所以每次只要求一根香肠，对，只需要一根。为了增强语势，他特意拿右手食指晃动了一下。

不过，根据不负责任的传言，松露犬要开工的头一天，是没任何东西下肚的——我们检查肝功前，再不济还能喝杯水呢。所以，我同情地看了它一眼。

权衡利弊之后，作为资深受害者，猎人断然辞退了有才无德的母猪。

我问寡言的松露猎人：所有种类的狗都会猎松露吗？

他答道：所有狗都会挖坑，就像所有马都会奔跑一样。不过，只有少数快马才能赢得比赛，这个道理，适用于松露狗。

松露的滋味

为了凸现松露的天生丽"滋"，大厨的做法是"松露贴蛋"，就是把松露切片，贴在煎蛋上。

让我们爽到扶墙的是，松露切得非常厚，这不是一片片，简直是一块块了。而我们知道，科技发达的法兰西民族，早已发明了能让松露切到像笛膜那么透明的机器。

我们感激地看着西装革履、差一点就像阿兰·德龙那么帅，两手交叉叠在丹田处、站在餐厅中间、正笑眯眯站着看我们吃的村长。

这么厚，嗯，三百年前的那朵巴黎交际花欧姐，要公关多少位绅士，才能吃上这么厚的松露？欧洲人都说"松露的味道就是情欲的味道"，咱们的老夫子不是也说过"食色，性也"吗……

味道怎么样？——村长过来收割夸奖啦。

呃呃味道怎么样？光顾胡思乱想的我，被惊醒后，赶紧补咬了一口盘子里的高傲黑钻石。

很韧，就像在咬树皮，绝不"弹牙"（粤语，赞食物富有弹性，一咬，蹦的把牙齿弹回来），似乎没啥味道，噢有，我吃出了垫底的煎蛋的香味。

最美味不过松露？

我不能当一个诚实的人。

要是实话实说，轻则左右友邦大厨们的购买意向，重则遭到驱逐出村——我还没去凭吊那个被毕加索抛弃后携一只猫咪在村里隐居了54年的旷世美人朵拉（Dora Maar）的故居呢！

反刍"黑黄金"

其实咱们国家也有松露，云南松露。

"彩云之南"为喀斯特地貌，气候很接近地中海气候，这跟普罗旺斯挺像。常住拉科斯特村的一个美国太太跟我说，她觉得他们村，风光挺像丽江的。

跟黑松露相比，两者品质有所区别：

云南菌贩认为没啥区别，而法国饕客则以最高的分贝建议：敢拿云南松露来充数的餐厅老板，该送去关基度山伯爵的伊夫堡（Château d'If）教育十四年——瞧把咱们的松露说得像个山寨产品似的。

而两者的价格则大为悬殊：

一个贵到我只能去蹭大地主伊夫的，一个"平"到连我都请得起。

我想，黑松露的诱人，是不是跟它的天价不无关系呢？——在中国，冬虫夏草动辄每斤十万八万，而黑松露，还要贵！

一口口地嚼着金子，再不把它想像得美味些，怎么对得起自己？

或者，怎么对得起款待我们的伊夫村长呢？

普罗旺斯人一顿午饭，能从日悬中天，吃到夕阳西下；
一桌晚宴，能从月出东山，吃到子夜乌啼。

PROVENCE

露天夜宴山人家

Barbecue In The Mountain

主人伉俪，制片人米歇尔，明星作家卡萝儿。

虚席以待。时值当地时间晚八点多，天地仍一派通明

夜宴压轴的，居然是一大盘米饭！

来过中国上百次的大胡子一脸得色。他兴致盎然地介绍他的"米氏"煮饭法：把大米撒到水锅里，水一开，马上捞起，保证营养得很——跟大胡子"滚汤"式做饭法相比，咱们平时煮饭算是在煲"老火靓汤"了。

我们把这五分熟的米饭、十分熟的友谊一并咽下，集体作津津有味状。

露天夜宴山人家
Barbecue In The Mountain

在普罗旺斯，我们都是自掏腰包下馆子；偶尔有免费午餐，也是在馆子里蹭的。

今儿个真高兴：接到老朋友的家宴邀约！

主人千叮万嘱，让我们别穿正装来。

食客们洋溢着被理解的激动。——这次来普罗旺斯"探索·发现"幸福矿，本就没带什么正装来，我们又不是来给戛纳电影节当颁奖嘉宾，是不是？再说，鄙人还真没那件后摆像燕子屁股一样撕开的外套哩。

男女主人都是有着国际声誉的专家，他们舍弃巴黎自家的大城堡不住，买下戛纳一个庄园，躬耕其间，乐此不疲。城市包围农村，由"非"转"农"，他们的选择让我好奇。

戛纳星光耀世界，据说大街上随随便便逮个人来盘问，都可能是"范冰冰"、"冯小刚"或者"王中军"。不过我们要家访的朋友，并不住在城区里，而是在远郊山上。"市"外桃源啊。

挤出跑车蜂拥的影城，绕完山路十八弯，我们终于把面包车开上橄榄庄园。

女主人卡萝儿（Carol Drinkwater）女士，金发，高大，健谈，一口伦敦腔，抑扬着韵律美。

这可是一位传奇女子。本书卷二有一篇她的专访，相信读者您已经很熟悉她了。

她的先生米歇尔（Michel Noll），法国举足轻重的独立制片人，世界多个电影节评委。大胡子、大块头、大肚腩，笑眯眯，长得有点像"肯德基"，正在半坡上为我们下厨。

灶台露天，嵌在红土里，这让我们想起陕西窑洞。锅，就是一张热气逼人的玄色铁板。这颇有点野炊的味道。

挥汗如雨的大胡子在煎炒牛肉、茄子，不时浇一点庄园自产的橄榄油，那种最"绿色"的植物油！其实，说它是油并不恰当，应该叫橄榄汁，果汁。果子熟了，咔吧一榨就绿油油，跟我们榨橙汁没啥两样。

时针已顺向当地时间七点，夕阳仍未西下。

日晒加上灶热，躁得我目光灼灼。我正盯着游泳池那一泓清泉发呆……突然，庄园的狗狗扑通一声自由落体，潜水一阵，然后浮出水面，摇摇狗头，抖落一身暑气，再以原生态的狗刨式直抵彼岸，前爪趴着池壁，扑哧扑哧地冲我吐舌头。

暖风熏得游人罪，我真想聊发少年狂，剽窃长舌狗的创意，扑通一声和衣跳下，雪花缤纷，当条落水狗清凉游——但是，我是这种性情中人吗？

我汗流浃背地随大流，追随女主人逛庄园。

能为远东"家"宾介绍橄榄宝贝，爱尔兰女士兴致很高。

当初她买下庄园时，好几棵橄榄树已高寿四百多岁。橄榄树活个千八百岁没问题，她甚至亲手摩挲过仍在吐绿的六千岁橄榄树。

她以优美的台词腔告诉我们，橄榄树春夏开花，秋实冬收。摘果要用树枝来抽打，这个方法是几千年老祖宗流传下来的。

我读过《圣经》，上面有句话我印象深刻："当你打橄榄树时，不要再回去打树枝上所剩下的，应留给外方人、孤儿和寡妇。"——这曾令我心头微颤。

女主人兴致不减，热情邀请我们到他们的房间逛逛。

落落大方、音调动听的她，正变身为"卡萝儿—米歇尔"博物馆的解说员，给游客们解说卡萝儿女士一堵墙的剧照，解说卡萝儿女士一橱子的著作，解说米歇尔先生导演、制作的一大摞影视片……

大胡子"肯德基"招呼开饭了。

夜宴设在半山别墅的大阳台上，两面悬空。可仰望夕阳醉了，可平视橄榄林绿油油，当然也可鸟瞰长条桌上的丰腴食物：煎牛肉，铁板茄子，粉红酒，"刀枪不入"的长面包——再抹上像藏酥油一样令我晕到扶墙的奶酪……

大胡子的祝酒词非常有味道：重要的不是喝醉，而是醉酒的那种感觉。——酒不醉人话醉人，大块头有大智慧啊。

　　我坦白，菜肴没有味道，很没有味道。地中海人崇尚原味，拒绝味精鸡精蚝油酱油一滴香火锅化工原料等等一切调味品——而橄榄油淡到无味，广州来的食客当然觉得味同嚼蜡。

　　地中海人酷爱的橄榄油，本身并不香，起码跟咱的花生油相比不算香。不过用橄榄油佐菜有一个妙处：不但不喧宾夺主串味儿，反而能让食品增加原味——有类似放大器的功能。这真是令人感动的品质，假如每个人都能向橄榄油看齐，何愁世界不太平？

"露天厨房"，正演出"夫唱妇随"真人秀美食节目（摄于橄榄庄园）

庄园闲庭

我目光呆滞，一节节囫囵吞着大胡子又给我的六分熟的长条茄子，偶一抬头，看到对面旅居法兰西近三十年的导游王老师同样目光呆滞，登时惺惺相惜。之前听过很多老外一个劲地夸中国菜真好吃，现在想来，绝非客套！

压轴夜宴的，居然是一大盘米饭！

来过中国上百次的大胡子一脸得意。他兴致盎然地介绍他的"米氏"煮饭法：把大米撒到水锅里，水一开，马上捞起，保证营养很——跟大胡子"滚汤"式做饭法相比，咱们平时煮饭算是在煲"老火靓汤"了。

我们把这五分熟的米饭、十分熟的友谊一并咽下，集体作津津有味状。

酒一杯接一杯，话一句接一句，宾主俱微醺。

女主人起身回屋抱出数瓶橄榄油，说这是她亲手榨的，让我们带回家。

已近晚九点，天空绯红，普罗旺斯的太阳仍高悬。沉醉的夜风拂脸，送来阵阵凉意，以及一缕缕橄榄馨香。

终于下山了。

车中的我回望橄榄庄园的天蓝色大门，静静地想，有那么多的人不爱城堡爱农庄：

彼得·梅尔（Peter Mayle）携妻珍妮从纽约到普罗旺斯吕贝龙山区隐居；

梅耶斯（Frances Mayes）和男友从旧金山到意大利托斯卡纳（Toscana）安居；

米歇尔夫妇从巴黎到戛纳橄榄庄园定居……

如果有那么一天，你和你爱的人远赴他国异乡，以前半生辛勤劳动所得回报，圈一片土，天是你们的，地是你们的，绿树白墙红屋顶，谈笑有志同道合的鸿儒，往来有言语不通的白丁，像人类童年时期那样活着，自己酿酒，自己榨油，采蜜东篱下，悠然见爱侣，执手慢慢地变老，老到哪儿也去不了……

你，可地愿意？

跋
Postscript

　　2011年夏秋之交，正是法国普罗旺斯薰衣草灼灼芬芳的时节，这一本群策群力的图书，也在这个时候剪断脐带。

　　初春、初夏、初秋、隆冬，我们先后四次足履普罗旺斯大地，在不同的季节一睹这片令人神往的土地。

　　我们期待，通过这些图文，竭力绽放薰衣草之乡的那一抹幸福心香。

　　愿您能嗅到，且有所思，有所得；

　　倘有机会，请君一定循香而去，朝拜那一方幸福圣地，去享受那种比风景更美丽的慢生活。

　　我们感谢区念中先生、余瑞金女士、杨湛先生在这本书的策划、采访、拍摄与写作过程中所给予的创意与指导。早在几年之前，富有前瞻意识的南方电视（TVS）人，就已开始部署"寻找幸福"纪录片和图书的拍摄和写作之旅。这部书稿，为TVS "寻找幸福"五部曲之三（之前两部是《寻找幸福：阿尔卑斯的另一种生活》、《寻找幸福：在暖黄色的托斯卡纳》）。

　　感谢薄义群先生，作为"寻找幸福"系列的项目负责人，他在这本书的前期规划，采访对象选择，以及纪录片与图书写作协调方面做了大量决定性的工作。

　　感谢法国ICTV的Michel Noll先生，有了这位南方台老朋友的盛情邀约、极力撮合，普罗旺斯"寻找幸福"项目得以顺利开展。我们难以忘怀夜宴橄榄庄园他家时，他说的那句话：重要的不是喝醉，而是醉酒的那种感觉。

　　感谢Yves ROUSSET-ROUARD先生，萍水相逢的他古道热肠，为我们推荐了现在隐居在普罗旺斯的皮尔·卡丹（Pierre Cardin）等几位采访对象，让远道而来的我们得以叩开普罗旺斯人的心扉。当然，作为法国电影界的风云人物，著名的电影导演和编剧，现今梅纳村的村长，传奇一生的他，也被我们采集为"幸福标本"。最近他又慨然应允作序，为本书开了个凤头，让我们很是感动。

　　感谢王志平先生，这位多才多艺的旅法摄影家，不但是我们一行的向导，同时也积极为我们推荐了采访对象。

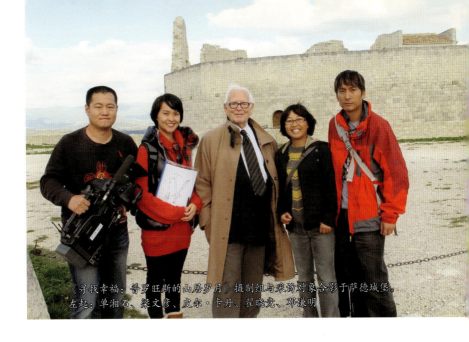

《寻找幸福：普罗旺斯的山居岁月》摄制组与采访对象合影于萨德城堡。
左起：单湘石、梁文彦、皮尔·卡丹、翟晓竞、邓谦明

尤其要感谢TVS的翟晓竞女士、梁文彦小姐和他们的拍摄小组，他们在纪录片拍摄时对采访对象细腻深入的采访，以及整理录音录像素材所得到的原始资料，是我们写作的重要素材。领衔制作同题纪录片的翟晓竞女士，无私地跟我们共享了海量的独家资料，我们从中获益良多。

感谢出色的翻译团队，叶舒荣、张馨尹、黄婉滢、唐燕燕四位小姐联袂秦一先生的法语组，梁文彦小姐搭档唐佳振先生的英语二人组，合修了一座巴比塔，让法中宾主畅谈无阻。

感谢薄义群先生、梁文彦小姐为本书的书名、标题所作的精当英译。

感谢李宏先生的思路启蒙。

感谢法国文化教育骑士勋章获得者刘昶博士的文化提点。

感谢调图师刁思耐先生在照片制作方面给予的出彩协助。

感谢黄婧小姐、詹媛小姐，为我们的西行路洞开资料检索大门。

感谢肖月小姐的文字初校。

感谢李淑津女士、陈璟先生细致温暖的外事协助。

对于我们的创作，不少同事亲友师长都给过弥足珍贵的意见，他们的智慧闪烁在全书各个角落。

还有很多应当感谢的人来不及感谢……

囿于种种主客观因素，这本"寻找幸福"的图书一定存在种种不足；

对本书的图、文有任何意见和建议，欢迎致信：tvsplws@126.com，我们十分乐于与您谈论幸福话题。

辛卯仲夏，花城越秀